Der
Saisonkoch

Die Sommersaison

Das Frühjahr

Erzählung
von
KhBeyer

Vorwort

Alle Namen von Betrieben und Personen
sind von mir frei erfunden.
Bestimme Personen und Betriebe,
vor allem jene, die mir freundlich gesinnt waren,
nenne ich
mit deren Einverständnis, bei ihrem wahren Namen.
Sonstige
Ähnlichkeiten und Übereinstimmungen
sind reiner Zufall.
Die Handlungen hingegen, sind echt
und
wirklich so geschehen.
Südtiroler Landsleute als auch Stammgäste,
werden an Hand der
Beschreibung der Objekte,
vielleicht Bezüge zu ganz bestimmten
gastronomischen Einrichtungen herstellen
können.
Ich distanziere mich hiermit ausdrücklich
von diesen Spekulationen.
Bei den Hoteliers und Wirtsleuten hingegen,
die glauben, sich zu erkennen,
möchte ich nur einen leichten Erziehungsprozess
erwirken.

Die Vorbereitung

Eine Woche vor Saisonbeginn rufe ich natürlich die Arbeitsstelle an, bei der ich die letzte Saison beendet habe. Ich möchte gern konkret wissen, wann wir anfangen. Die Tage des Saisonbeginns sind von Jahr zu Jahr unterschiedlich. Teilweise liegt das am Wetter. Ausschlag gebend sind die Buchungen und Anfragen. Natürlich sind die Ferienzeiten unsere Hauptsaisons. Gleichzeitig sind die Feiertage, die Tage, an denen gern die Saison begonnen wird. Vor allem die Feiertage des Frühjahres.
Bei meinen Bemühungen, zwischen den Saisons eine Beschäftigung zu finden, hatte ich das Glück, etwas Geld dazu zu verdienen. Zumindest sind für den ersten Monat die Tankfüllungen gesichert. Joana hat schon ihre Arbeit.
Bei der Gelegenheit fällt mir auf, die ungelernten Arbeitskräfte sind bei uns die gefragtesten. Sie sind die billigsten. Als ungelernt gelten alle Arbeitskräfte Osteuropas. Die müssen erst im Laufe der Zeit zeigen, was sie gelernt haben. Oder soll ich sagen, deren Ausbildungen werden einfach nicht anerkannt. Natürlich wird ein Koch die regionale Küche seines Landes beherrschen. Trotzdem ändert sich kaum Etwas an der Grundausbildung. In der Grundausbildung lernt ein Koch die Grundtechnik des Kochens, die Vorbereitung und Vollendung des Prozesses. Dazu kommen ein paar Grundkenntnisse

betreffs der Rohstoffe und der Ernährung. Generell beherrscht ein Koch binnen einer Woche die Regionalküche seines neuen Einsatzortes von der Kochtechnik her.

Kompliziert wird es erst dann, wenn der Koch, Keinen trifft, der ihm fachgerecht die Fertigung in Kochsprache darlegt. Dann brechen auch für Profis die Welten zusammen.

Aus dem Grund treffen sich neue Kollegen auf der Ebene der Grundküche, die sie gelernt haben. Dabei werden die individuellen Nuancen jedes Kochs etwas vernachlässigt. Die beginnen spätestens vierzehn Tage nach Saisonbeginn zu wirken.

Zunächst rufe ich auf der Seiser Alm in der Edelblüte an, wann denn die Eröffnung ist. Allgemein wird das bei einem Spatzenfest in Kastelruth der Fall sein. Also im Juni.

Dieses Fest ist somit der Saisonbeginn der Seiser Alm. Viele Betriebe öffnen schon eine Woche vor dem Fest. Der Gast soll sich sozusagen, einstimmen.

Am Telefon bekomme ich mit stotternden Worten in Seiser Dialekt, also für mich kaum verständlich, geantwortet. Das macht mich schon etwas stutzig. ‚Die haben mich doch erkannt‘, denk ich mir. Meist wird mir sogar in Sächsisch geantwortet und dabei köstlich gelacht. Rudolf, der Wirt, geht ans Telefon. „Tut mir Leid. Wir haben einen Einheimischen Koch eingestellt.“

„Also kann ich nur als Zweiter Koch arbeiten?“

„Das geht nicht. Der hat seinen Zweiten Koch mitgebracht."

Ich lerne also umgehend, der ausländische Koch ist bei Einstellungen, zweitrangig. Eigentlich wäre das richtig. Die jeweilige Tourismusindustrie sollte doch, wenn möglich, mit einheimischen Kräften belegt sein. Angesichts der Menge der gastronomischen Einrichtungen in Südtirol ist das aber nicht möglich. Entweder gibt es zu viel gastronomische Einrichtung oder das Volk ist zu klein. Es bliebe nur die Absicht, das Geschäft allein abzuwickeln. Insgesamt wäre das der bessere Weg. Die Betriebe wären überschaubarer und gemütlicher. Südtirol ist damit ein Zeichen. Ein Zeichen für schlecht geplante Wirtschaft. Entweder bilde ich die Arbeitskräfte vorher so aus, wie es benötigt wird. Oder ich bilde sie jetzt aus, wie sie benötigt werden. In jedem Fall, sollte die Wirtschaft dem allgemeinen Stand der Beschäftigung folgen. Vor allem, den gültigen Arbeitsgesetzen. Dann wäre die Wirtschaft auch für Einheimische interessant.

Mit dem Import von Arbeitskräften werden aber sämtliche gesetzlichen Richtlinien gebrochen. Es gibt weder geregelte Arbeitszeiten, gerechten Lohn noch ansprechende Unterkünfte. Die Einheimischen werden erpresst.

Natürlich findet der Saisonarbeiter auch ein paar Ausnahmen. Die sind aber nicht die Regel. Wie wir wissen, werden die Regeln des freien Marktes von Jenen gestaltet, die Gesetze erfolgreich umgehen oder missachten. Die anderen Marktteilnehmer werden dann genau zu diesem Vorgehen gezwungen. Im Grunde hat das System und das ist auch so beabsichtigt. Wir reden von einem kriminellen System. Vor Kapitalismus und Sklavenhaltertum. Der Saisonarbeiter befindet sich damit in einer erstaunlichen Position. Er befindet sich genau zwischen den hilfreichen Schichten der Bevölkerung und deren kriminellem Anteil. Das schafft zumindest den erforderlichen Überblick.

Mit der Absage telefoniere ich natürlich umgehend mit einem Arbeitsvermittler. Zumal ich seit der Saisonpause mit dem in Kontakt bin. Wie scheint, ist die Saison an einem Arbeitsplatz praktisch gelaufen. Ich neige schon zur Umorientierung. Nicht im Beruf. Sondern dahin gehend, als Tagelöhner mein Werk zu verrichten. Offensichtlich hat Keiner Interesse an einem erfahrenem Koch. Gut, erfahren - aber bitteschön, zwanzig Jahre alt.

‚Wir wollen sie schließlich ausnehmen. Wehe, sie kennen das System. Das ist uns zu teuer.'

In erster Linie antworten Restaurants. Der Nachteil ist schnell gefunden. Mittag und Abend. Dann treffe ich meine Frau nicht mehr. Wenn dann noch der freie Tag auf einen anderen fällt, könnte ich auch ausreisen. Selbst dabei, sehe ich meine Frau öfter. Ich frag mich, wohin. In unserer Nachbarschaft gibt es Österreich und die Schweiz. Jeder Saisonbeginn wird mit diesen Gedanken garniert. Grauenvoll.

Im Frühjahr fällt mir die Bewerbung in Nachbarregionen nicht schwer. Auf dem Arbeitsweg habe ich höchstens das Wetter zu fürchten. Natürlich auch Saisons mit dem entsprechenden Verkehr. Aber zu den Zeiten, in denen ich mich bewege, ist meist der ganze Verkehr gelaufen. Es gibt zwar Ausnahmen; die sind aber selten.

Zunächst kümmere ich mich um Regionen, die etwas höher liegen und ihre Saison etwa mit unserer Dolomitensaison beginnen. Das schließt natürlich sämtliche Hütten ein. Die sind in aller Regel schwer erreichbar. Es gilt, heraus zu bekommen, wie ich diese Hütte erreiche. Für mich ist wichtig zu wissen, wann der Liftverkehr in diese Hütte eingestellt wird. Komme ich nach meinem Dienst wieder nach Hause? Oder bin ich ein Gefangener? Kann ich mit meinem Fahrzeug direkt bis dahin fahren oder nicht?

Die Recherche ist umfangreich. Wenn ich die jede Saison neu durchführen müsste, würde ich eigentlich nur noch für die Arbeitsplatzsuche arbeiten. Ich speichere mir die Informationen natürlich ab. Oft auch die Personen, mit denen ich in Kontakt war. Kleine Zeichen hinter dem Namen verraten mir den Charakter des Ansprechpartners. Eigentlich müsste ich das mit Variablen versehen. Im Charakter des Ansprechpartners gibt es oft auch positive Veränderungen; bisweilen auch negative. Mitunter spreche ich auch mit völlig anderen Personen. Auf alle Fälle möchte ich gern noch im Frühjahr eine Arbeit finden. Zumal jetzt ja auch Himmelfahrt und Pfingsten vor der Tür stehen.

Zunächst rufe ich alle Betriebe an, in denen ich schon gedient habe. Bei Absagen und Ausreden weiß ich sofort, mein Auftritt da, war nur für mich und meine Gäste erfolgreich. Nicht unbedingt für meine Chefs und deren Familie. Wenn mich ein Betrieb einstellt, der mir eigentlich regelmäßig eine Absage gibt, gehe ich von einer Notlage im Betrieb aus. Selten von einer positiven Veränderung.

Zwei solcher Notlagen haben umgehend geantwortet. Ich soll sofort anfangen. In einem Fall soll ich meine Unterlagen schicken. Ich antworte, meine Unterlagen wären schon im Betrieb. Und siehe da, man findet sie. Auf die Frage, ob ich zufällig mit einer neuen Bürokraft spreche, erfahre ich sogar den Namen meines eingetragenen Kontaktes. Offensichtlich ist die sehr teure Suche nach Personal schon fest im Budget vorgesehen. Womit dann auch der Wille, einen festen Personalstamm zu erzeugen, gut beschrieben wird. Ich kann mich sogar an den Geruch in diesem Büro erinnern. Auch meine Werkstatt, die Küche, liegt mir gut in Erinnerung.

„Ist die Küche inzwischen wieder gebaut?"

„Ja sicher", ist die Antwort der Person, die ich nie in diesen Räumen sah.

Mich erwartet wieder ein Arbeitsweg, der es in sich hat. Auf diesem Weg fahre ich ganz sicher durch acht bis zehn verschiedene Wetterzonen. Eine schlimmer

als die andere. In meinem Kopf graben zwei
Möglichkeiten. Hier warten ohne Geld oder arbeiten
gehen. Der Gedanke, vor das Haus zu kommen und
wenigstens dreihundert Euro zu retten, überzeugt
mich.
Dreihundert Euro rette ich aber nur, wenn mir oder
meinem Fahrzeug nichts passiert. Und genau das, ist
in den Alpen nahezu ausgeschlossen. Es gibt einfach
zu viele Gefahren auf dem Arbeitsweg. Die angebliche
Vorstellung ist auch gleich der Termin für die
Probearbeit. Am Telefon klang es so, als würde ich
keine Probearbeit benötigen. Eigentlich wäre das
verständlich bei meiner Kenntnis des Betriebes.
Wir verabreden uns auf heute Abend.
Joana ist noch auf Arbeit. Ich rufe sie an.
„Ich komme schnell noch einmal vorbei. Heute Abend
muss ich noch nach Österreich.“
Joana ist immer schwer besorgt, wenn ich nachts
diese Strecken fahre. Vor allem, wenn ich das
Motorrad nutze. Eingepackt habe ich nur das
Nötigste. Ich rechne nicht mit einer längeren
Beschäftigung.
Zunächst besuche ich Joana auf Arbeit. Um diese Zeit
vermute ich sie bereits in der Wäscherei des Hotels.
Der Parkplatz ist voll belegt. Das Auto von Joana steht
nicht drauf. In der Wäscherei sind bereits fast alle
Zimmermädchen. Der Blick gleicht einem Blick ins
Paradies. Kurze Schürzchen, teilweise stramme
Hintern und eine selige Ruhe mit etwas Musik im

Hintergrund. Die Temperatur ist um die vierzig Grad. Die riesengroße Heißmangel läuft. Zwei Frauen stehen am Einzug und zwei auf der anderen Seite zur Abnahme. Die Frauen schwitzen. Ich stelle mir gerade eine Massage mit den Frauen vor. Das Öl könnten wir uns jetzt sparen.

„Du hast wohl eine Arbeit gefunden", fragt Rosa.

„Nicht hier. In Österreich."

Rosa schüttelt mit dem Kopf.

„Dann bist du ja bald zurück."

„Das schätze ich auch."

„Hast Du Alles gepackt", fragt mich Joana.

„Nur das Nötigste. Ich will erst mal schauen."

Joana gibt mir ein Küsschen. Die anderen Frauen auch. Ich fühle mich wie im Himmel. Wir gehen noch eine Zigarette rauchen vor der Tür.

„Der Chef sieht das nicht gern", sagt Joana zu mir.

„Der muss sich auch nicht von seiner Familie trennen wegen der Arbeit."

„Fahr vorsichtig."

Den Hinweis bekomme ich praktisch überall zu hören. Die Bewohner der Alpenregionen kennen den Verkehr in diesem Gebiet. Zeitnot trifft auf Unwissen. Eine gefährliche Mischung.

Auf dem Reschen bin ich schon in fünfzig Minuten. Ab hier scheint sich der Verkehr zu verdichten. Ich komme in den Feierabendverkehr. Genau zu der Zeit, wie frühmorgens, ist auch der Schwerverkehr unterwegs. In sozialistischen Ländern hätte man schon lange eine funktionierende Bahnverbindung gebaut. Hier wird Jahrzehnte später darüber nachgedacht. Die Investition muss sich lohnen. Kein Mensch gibt hier Geld für das Leben und die Gesundheit der Arbeiter aus.

In Landeck muss ich erst mal überlegen, wie ich nach Kühtai komme. Ich habe das schon wieder vergessen. Bei einer kurzen Rast schaue ich schnell noch mal auf das Handy. Dort habe ich mir die Karten gespeichert. Die Onlinesuche ist mir zu teuer. Hinter jeder Erleichterung steht hierzulande ein Kassenhäuschen. Arbeiter müssen noch Landkarten lesen können. Das ist trotzdem keine Garantie, pünktlich da zu sein, wo man sich das vorgenommen hat. Neuerdings werden wir von unzähligen Baustellen überrascht, die nicht selten gewaltige Staus hervorrufen. Mit dem Motorrad mag das noch gehen. Die genervten Autofahrer werden dann zur Gefahr. Nicht nur das. Aus langer Weile spielen die auf allen Gerätschaften, die sie mit sich führen. Vor allem auf Handys und Tablets. Nur nicht auf der Straße. Man möchte die neue Art der Bewegung gern dem Computer anvertrauen. Mir geht ein DDR Witz durch den Kopf. Der kleine Gentleman fährt Rad und onaniert. Der große, fährt Wagen und fickt. Offensichtlich fühlen sich sehr Viele, groß.

Am Hoteleingang wartet ein Mann auf mich. Er sagt mir, ich kann das Motorrad gleich vor dem Hotel parken. Er hat etwas Akzent. Das ist aber garantiert kein Tiroler Akzent. Er stellt sich mit Hellmar vor. Wir gehen zusammen zur Rezeption.

„Martha ist in der Küche."

Der Kücheneingang ist gleich hinter der Rezeption. Anordnung von Kücheneingang, Rezeption und Restauranteingang finde ich geschickt und gut. Kein Gast würde ungesehen an der Rezeption vorbei kommen. Wenn die besetzt ist.

Martha steht in der Küche. Sie hat feuchte Augen. Ich kann schlecht beurteilen, was die Ursache dafür ist.

„Oleg ist gegangen."

Oleg ist ein polnischer Koch, den ich bei Martha erst ausgebildet habe. Im Praxisunterricht. Ich kann kaum beschreiben, was die Ausbildung für eine Prozedur für mich bedeutete. Ein Meisterbrief der DDR und die Jahrzehnte lange Praxis auch in Österreichischen Hotels und Restaurants, reichte der Österreichischen Berufsschule nur bedingt. Die forderten von mir einen Lehrausbildungskurs. Daraufhin habe ich ihnen mal die Seite meines Meisterbriefes kopiert, die klar aussagt, wo und wie ich welche Lehrlinge, weltweit ausbilden darf. Neben dem üblichen Telefonbelästigungen, ausgerechnet zu den Mahlzeiten unserer Gäste, kamen auch regelmäßig arrogante Damen in Stöckelschuhen und Balzgeschirr zu Besuch. Ich bin der festen Überzeugung, die Damen haben in ihrem Leben nie Etwas gekocht, geschweige Ahnung von Lebensmitteln. Die üblichen kleinen Zwischenfragen meinerseits, haben die

Damen mit unglaublichen Gesten und Kenntnissen beantwortet. Die Aufzählung von Synonymen für diverse Lebensmittel und Gerichte, zeugt nicht unbedingt von Kenntnissen in der Produktion. Hellmar hat ihnen auch regelmäßig eine Mahlzeit angeboten bei ihrem Erscheinen. Die haben nie abgelehnt.

Martha sagt mir, Hellmar ist ihr neuer Mann. Gerold wäre bei einem Forstunfall tödlich verunglückt. Ich will jetzt nicht fragen, wie das geschehen konnte. Hellmar ist ein Holländer und war im Haus, Stammgast. Wahrscheinlich auch schon in Marthas Schlafzimmer, wenn Gerold auf Jagd war. Gerold kam nie nüchtern von der Jagd zurück. Für den Einen ist eben der Keller oder die Garage der Platz für den regelmäßigen Alkoholgenuss, für die Anderen, der eigene Wald. Gerold war auch der Einkäufer für sein Hotel. Ich weiß nicht, ob es irgend ein Zeichen gibt, angetrunkene Fahrer nicht zu kontrollieren. Gerold jedenfalls, wurde nie kontrolliert oder erwischt. Bei Gelegenheit habe ich an seinem Nummernschild ein Zeichen gesucht. Eine Art – Freifahrtzeichen. Dort war jedenfalls keins zu sehen. Alles normal.

„Habt ihr gestritten?", frage ich Martha.

Ich möchte heraus bekommen, ob Oleg vielleicht nur zeitweise gegangen ist. Sozusagen, in Rage.

„Hast du ihn angerufen?"

„Ja. Er nimmt nicht ab."

„Ruf mal mit meinem Telefon an."

Martha ruft an. Oleg nimmt nicht ab.

„Vielleicht ist er zu Hause bei seinen Eltern? Was ist die Vorwahl von Polen?"

Wir probieren. Nichts.

„Hast du die Nummer von seinen Eltern?"

„Nein."

Komisch. Oleg hat immer die Nummer seiner Eltern hinterlegt. Ich schaue bei mir auf dem Handy.

„Verdammt. Ich habe eure Karte rein getan. Auf meiner Karte ist die Nummer sicher vorhanden. Nachher schaue ich auf meinen Computer. Dort steht sie. Was ist das Menü heute? Wie viele Gäste sind im Haus?"

Martha hat das Menü geändert. Sie bietet heute ein paniertes Schnitzel von der Putenbrust. Notküche, sagt sie.

Früher war Truthahn ein Festessen. Heute reicht das nur noch als Notküche. Traurig.

Die Küchentür springt auf und es kommt eine hübsche Frau mit einem Tablett in die Küche. Kaum grüßt sie mich, darf ich feststellen, sie kommt aus der besetzten DDR.

„Gundula", sagt sie lächelnd zu mir in etwas preußischem Dialekt.

„Was verschlägt dich hier in diese Einöde?", frage ich sie.

„Einöde? Hier ist bedeutend mehr los als bei uns."

„Du wirst doch nicht etwa aus dem Raum Neubrandenburg kommen?"

Dort ist es seit der Besatzung wirklich trostlos
geworden.

„Nein. Ich komme aus Lüttenklein.“

„Dort ist doch sicher viel los.“

Sie kommt tatsächlich aus dem Raum
Neubrandenburg. Ihr Vater ist ein Schiffbauer. Er hat
in Rostock gearbeitet. Seit der Besatzung hat er keine
Arbeit mehr. Die Mutter kochte im Kindergarten. Der
ist jetzt in den Händen einer Kirchensekte. Parasitas
nennt die sich. Mutter hat dort aufgehört. Sie konnte
mit dem spärlichen Lohn nicht mal die Miete tragen.

„Die Wohnungen und Häuser haben wir selbst mit
gebaut“, stöhnte der Vater. „Jetzt bezahlen wir unser
Eigentum das zweite Mal.“

„Das ist ja fast wie bei den Besatzern. Die zahlen
einmal die Wohnung und dazu die Bank.“

Wir lachen zusammen.

„Du arbeitest hier als Bedienung?“

„Nein“, sagt Martha. „Sie ist unsere Rezeptionistin.“

„Ach so. Da ist ja die Bedienung inkludiert.“

Martha lacht.

„Die Auslastung der Arbeitszeit war euch ja ein
Fremdwort in der DDR.“

„Das stimmt so nicht. Wir haben eben unsere
Arbeitszeit gemeinsam genutzt. Deswegen waren wir
auch schneller fertig damit.“

„Ach so. Deswegen seid ihr pleite gegangen?“

„Ja. Auf alle Fälle war unsere Wirtschaft besser als die
von Österreich.“

Martha und Gundula lachen zusammen. Hellmar
kommt in die Küche und fragt, ob wir uns einig sind.
„Unsere Wohnungen waren auch bedeutend besser
als die hier", sagt Gundula.
„Habt ihr eure Personalzimmer immer noch nicht
gebaut?", frage ich Martha.
„Deines schon. In dem wohnte Oleg."
Hellmar steht noch da. Sonst hätte ich Martha
gefragt, ob sie Oleg auch den Rücken gewaschen hat.
Offensichtlich hat Martha mir das angesehen. Sie
schaut mich mit zugekniffenen Augen scharf an.
„Hatte Oleg auch einen neuen Fernseher?"
Martha wirkt erleichtert.
„Natürlich."
„Wie viele Programme zeigt er mir denn?"
„Alles."
Jetzt wird mir klar, Oleg hat sich mit Martha gestritten.
Der kommt sicher wieder. Wo will er hin in der
Fremde? In einem neuen Betrieb fängt er von ganz
Unten neu an. Und das ohne Zeugnis. Martha wird
ihm doch sicher kein Zeugnis hinterher schicken.
Versetzte Liebhaberinnen üben schreckliche Rache.
Irgendwie kommt mir Martha auch jünger vor als bei
unserem ersten Kontakt. Damals sah sie ziemlich
abgearbeitet aus. Mit Hellmar an der Seite, scheint
das besser zu laufen. Obwohl Hellmar ziemlich gelbe
Augen hat. Oder war Oleg der Grund für ihr frisches
Aussehen?

„Ich habe nur das Nötigste mit. Mein Einsatz bei dir wird sicher nicht zu lange dauern“, sage ich zu Martha.

„Das weiß man nie.“

„Du weißt aber, der Weg ist etwas weit für mich.“

„Hast du bei euch nichts bekommen?“

„Ich habe gegen einen Einheimischen verloren.“

„Hier wäre dir das nicht passiert.“

„Ja schon. Aber eure Küchen sehen noch verheerender aus als unsere.“

„Bei uns ist die Belastung auch erheblich höher.“

„Das liegt eher daran, weil Keiner Rohstoffe verwendet. Der Anteil der Vorprodukte ist zu hoch.“

„Du vergisst die Mehrwertsteuer. Bei euch ist das eine versteckte Subvention.“

„Das Thema haben wir schon oft besprochen. Das ist tatsächlich ein großer Nachteil der nördlichen Gastronomie. Meines Erachtens gibt es einfach zu viel Hotels. Trotzdem findest du in kleinen Ortschaften nicht mal eine Gaststätte.“

„War das bei euch anders?“

„Aber sicher. Wir mussten nicht besoffen in den nächsten Ort eiern. Unsere Gaststätten waren auch bedeutend besser besucht.“

Martha sagt mir, was es heute gibt. Zum Glück sind es nur drei Gänge. Eigentlich würde das schon reichen. Immerhin bietet Martha auch eine Jause. Und die ist gut bestückt.

Der Blick ins Kühlhaus verrät mir mehr. Das ist fast leer. Martha verweist mich auf die Gefrierzelle.
„Wir leben von der Reserve", sagt sie bitter lächelnd. Oleg hat wahrscheinlich keine Bestellungen mehr ausgeführt. Jetzt ist Kahlschlag angesagt. Und das ausgerechnet im späten Frühjahr. Immerhin sind schon reichlich Touristen unterwegs. Auch Motorradgruppen.
„War Oleg allein in der Küche?"
Ich frage das nicht umsonst. Für Einen allein ist die Aufgabe ziemlich belastend. Nicht unmöglich. Aber, es darf wirklich keinen Zwischenfall geben. Und das in einer Küche? Einem der gefährlichsten Arbeitsplätze. Oleg hat an sich kaum Arbeitsweg. Die Treppe runter und wieder zurück. Bei dem Arbeitspensum, kann auch das ziemlich belastend sein. Den Fahrstuhl kann man kaum benutzen. Der wird von den Gästen nahezu belagert. Und das im Urlaub.
Gundula kommt wieder. Ein blondes Mädchen im Dirndl. Fast wie bei Riefenstahl. Und üppig sieht sie aus.
„Ich zeig dir dein Zimmer."
„Das würde ich schon finden."
„Jetzt, nach dem Umbau?"
„Dann zeig es mir bitte. Hast du sonst noch Etwas zu bieten?"
„Die Anmache ist jetzt verboten."
Wir lachen zusammen. Martha schaut etwas misstrauisch. Sie wird doch nicht eifersüchtig sein?

Wir sprechen kaum auf dem Weg zum Zimmer. Wohl eher in der Vermutung, von Kameras und Mikrofonen belauscht zu werden. In einigen Personalzimmern durften wir solche Utensilien schon finden.
Das Zimmer ist schön und ziemlich hell. Der Ausblick scheint mir besser als aus manchem Hotelzimmer. Und das kostenlos. Ganz nicht. Wir zahlen ja mit unserer Arbeit. Und mit unserer ständigen Verfügbarkeit.
Tatsächlich steht der neueste Fernseher im Zimmer. Oleg muss sich das wirklich verdient haben. Gundula lacht, als ich das sage.
„Du hast alle Programme hier.“
„Hast du schon nachgeschaut?“
Gundula wird etwas rot.
„Natürlich. Ich bin ungebunden.“
Der Wink mit dem Zaunpfahl. Und ausgerechnet trifft der mich. Joana würde ziemlich böse schauen. Nicht wegen der Bemerkung. Wegen dem Blick, den Gundula mit der Bemerkung verknüpfte. Fehlt nur noch, sie sagt – ich trage keine Unterwäsche.
Mir geht gerade ein Film mit Tom Selleck in Jesse Stone durch den Kopf.
„Bist du verheiratet?“
„Ja.“
„Wo arbeitet dein Mann?“
„In Vomp beim Landmaschinenbau.“
„Ist er Landmaschinenschlosser?“
„Er hat bei uns als ZT – Techniker gearbeitet.“

„Wie oft seht ihr Euch?"
„Ein bis zwei Mal im Monat."
„Wenn das der falsche Monat ist…"
Gundula lacht.
„Du meinst den falschen Tag. Rolf ist fast zwanzig
Jahre älter als ich."
„Also, fast wie ich."
„So alt bist du schon?"
„Du willst mir ein Kompliment geben?"
„Sicher."
„Wir sehen uns dann Unten. Ich packe nicht groß aus."
„Ich denke auch, Oleg kommt bald wieder."
Gundula geht und ich lege mich noch einmal kurz hin.
Dreißig Minuten müssen reichen. Das Menü ist eine
Leichtigkeit. Martha hat vereinzelt neue Technik
gekauft. Damit kann ich recht zügig arbeiten.
Nach meinem Schläfchen gehe ich nach Unten.
Martha hat aufgehört, in der Küche zu arbeiten. Die
Vorbereitungen hat sie ins Kühlhaus gestellt.
Wenigstens hat sie das Dessert schon fertig. Oder war
der schon fertig? Es ist Topfenstrudel. Mir kommt vor,
der war vorher schon gefroren vorrätig. Die Form
erinnert mich an das Kühlregal in diversen Kaufhallen.
Die Ausgabe ist ein bisschen hektisch. Martha will
immer eingreifen. Gundula wird dadurch sehr nervös.
Martha möchte natürlich ihre Stammgäste zuerst
versorgt wissen. Das Essen, welches für Gundula
bestimmt ist, trägt Martha ab. Dadurch entsteht
etwas Stau. Gundula trägt das mit Fassung.

Wahrscheinlich macht das Martha schon immer so.
Gundula hat sich daran gewöhnt.
Während der Küchenreinigung klingelt das Telefon.
Beim Blick auf den Bildschirm sehe ich, es ist Oleg. Ich
nehme das Gespräch an. Martha und Gundula haben
spitze Ohren und plötzlich auch Zeit, dem Gespräch
zu zuhören. Die Stammgäste interessieren nicht mehr.
Oleg scheint sehr gefragt zu sein.
„Bist du es, Karl?"
„Ich muss dich faulen Strick vertreten."
„Ich mache nur ein zwei Tage frei. Martha wollte mir
kein Frei geben. Ich habe schon das zweite Jahr
keinen freien Tag."
„Und keinen freien Abend."
„Du Spinner."
„Bei wem bist du denn öfter?"
„Bei Angela."
„Das auch noch. Hast du überhaupt noch Säfte?"
„Für Angela immer."
„Können wir uns sehen?"
„Ich bin bei Angela. Das ist im Ort. Verrate mich nicht."
„Mach dir noch einen schönen Abend. Bis morgen
oder übermorgen."
„Ich komme morgen gegen Mittag."
„Oleg kommt morgen wieder", sage ich den zwei
hungrigen Damen. Die fallen sich fast in die Arme bei
der Nachricht.
‚Mein Gott. Der Druck muss gewaltig sein', denke ich
mir.

Martha wirkt wie aufgezogen. Sie hilft mir sogar bei der Küchenreinigung.

„Du bist ein Engel", haucht sie mir ins Ohr. Ich habe fast den Eindruck, sie hat mir ihre Zunge mit ins Ohr gesteckt.

„Heute ist euer Frauentag."

„Den kannst du mit uns feiern."

„Das kann ich nicht. Ich habe eine schöne, liebe Frau."

„Das stimmt. Deine Joana ist ein Schatz."

„Und? Sie hat dir auch schon geholfen.Habt ihr noch eure Schweine und Kälber?"

„Die haben wir unserem Nachbarn übergeben. Der kümmert sich."

„Wenn wieder ein Läufer anfällt, sagt mir bitte Bescheid. Ich brauche etwas Fleisch."

„Schwein oder Kalb?"

„Jungfrau."

„Du Ferkel!"

„Willst du wieder das ganze?"

„Aber sicher. Nicht größer als sechzig Kilo."

„Ich sag es dem Nachbarn."

„Gebt mir bitte auch die Innereien."

„Wird gemacht."

Martha klopft mir auf den Hintern.

„Oi. Der ist immer noch so stramm wie früher."

„Das kommt vom Motorrad fahren."

„Du Schlimmer."

Ich brauche nicht auspacken. Gibst du mir ein Handtuch von euch?"

„Gundula kann dir auch den Rücken abtrocknen.“
„Das glaub ich gern. Gib mir einfach ein größeres Handtuch.“
Wir lachen zusammen. Hellmar kommt in die Küche. Plötzlich wird es still.
„Die Gäste warten.“
Die Gäste sind wahrscheinlich gleich an die Rezeption gerannt. Die können im Urlaub keine fünf Minuten warten. Italiener sind in der Beziehung bedeutend geduldiger.
Mit einer Ausnahme. Die belagern eine Rezeption tagsüber schon fast dauerhaft. Für Antworten auf die mehrere tausend Fragen, gehen manchen Gastronomen schlicht die Argumente aus. Die beste Methode scheint zu sein, fremdsprachige Rezeptionisten zu beschäftigen.
Martha ist das zu teuer. Die Zwei können sich das einfach nicht leisten. Heute kommen zwei Touristen an die Rezeption, die Übernachtung mit Frühstück gebucht haben und fragen, ob sie weiß, wo es im Ort gute Restaurants gibt. Martha standen die Haare zu Berge.
„Ich gehe nicht einkehren. Haben sie kein Google?“
Dazu hat sie an der Rezeption ausreichend Informationsmaterial, das sogar auf den Zimmern ausgelegt wird. Was weiß Martha, welchen Geschmack die haben und wie viel Geld sie ausgeben wollen?

Nach dem Menü darf ich das erste Mal im Leben das volle Programmangebot Österreichs genießen. Der heiß erwartete Genuss wird schnell zum Desaster. Ich durfte in einer Stunde, zwanzig Mal überteuerte Binden, Tampons, Toilettenpapier, schlechte Autos, Betrügerbanken und -versicherungen konsumieren. Der Gipfel waren Urlaubsangebote, die nie so eintreten, wie sie dargestellt werden. Die nennen das Werbung. Jeder Gastronom käme dafür ins Gefängnis. Am Ende der drei Stunden, habe ich glatt vergessen, wie der eigentliche Film anfing. Nun weiß ich endlich, warum wir in dieser Diktatur so schnell wegen Demenz entmündigt, weg gesperrt und beraubt werden.

Martha klopft an meine Tür. Sie will nur wissen, ob ich bis Mittag bleibe. Hellmar steht hinter ihr.

„Eigentlich wäre das nicht nötig. Trotzdem will ich zur Sicherheit bleiben und Oleg die Küche übergeben." Hellmar lächelt. Martha dankt mir und Beide wünschen mir wie aus einem Mund, eine Gute Nacht. Ich will auch nicht unbedingt mit leerem Magen das Haus verlassen. Vielleicht gibt es noch eine kleine Prämie?

Das Frühstück gibt mir Gelegenheit, das gesamte Personal kennen zu lernen. Die Zimmermädchen sind meines Erachtens, türkischer Abstammung. Zwei Schönheiten sind dabei, die mir fast einen Augenschaden einbringen als sie sich über den Brötchenkorb beugten. Mit ihrer Abstammung habe

ich mich etwas geirrt. Die Schönheiten kommen aus Jugoslawien. Die zwei türkischen Kolleginnen sind Aushilfen, wenn Martha etwas voller belegt ist. Gundula kommt kurz zum Tisch.
„Die Chefin wartet an der Rezeption."
Wir gehen zusammen zu ihr. Sie gibt mir einen Umschlag. Hellmar kommt mit zwei Flaschen Wein in der Hand. Ich traue mir nicht zu sagen, welche Einstellung ich Wein gegenüber habe. Ich trinke keinen. Vielleicht kann ich den weiter verschenken. Wohl in der Kenntnis, von dem Gesöff keinerlei Ahnung zu haben. Ich kann mir lediglich einen Reim darüber machen, welche Lage besonders gut geeignet wäre, Wein anzubauen. Mit Wein verknüpfe ich gedanklich ein süßes, wohl schmeckendes Getränk. Um die neuartige saure Brühe zu trinken, bräuchte man eigentlich nur Sauerampfer keltern. Warum muss ich ausgerechnet in einer Branche arbeiten, in der die Einbildung maßgeblich ist? Tagsüber den Heimweg anzutreten, war eigentlich ein Wunsch von mir. Ich wollte gern noch einmal ein paar türkische Freunde besuchen, die einen Imbiss in Imst betreiben. Die sind nicht mehr dort. Jetzt haben das Einheimische übernommen. Die wollte ich jetzt nicht unbedingt fragen, wie es dazu gekommen ist. Die Unternehmer, eine Jugendgruppe, macht das recht gut.
Die türkischen Unternehmer finde ich jetzt in Landeck. Dort bin ich mal kurz abgestiegen, um

einen richtigen Kaffee zu trinken. Kaum habe ich die Kaffeetasse in der Hand, schleichen schon die städtischen Geldeintreiber um mein Motorrad.

„Hier ist Parken verboten."

„Mit dem Kaffee im Mund, antworte ich süffisant, „ich halte hier."

Die Kassiererin musste in Deckung gehen, um meiner Spuckattacke zu entkommen. Sie schlich um mein Moto und schrieb sich meine Nummer auf.

„Die können sie auch mit dem Handy fotografieren", sag ich zu ihr.

„Nicht, dass sie sich verschreiben."

Jetzt lacht sie.

„Ein Sachse."

„Vom Brudervolk aus Südtirol", habe ich angefügt.

Jetzt lacht sie noch ausgelassener.

„Sie wollen doch sicher einem Vertriebenen kein Bußgeld abverlangen?"

„Ich verzichte."

„Darf ich ihnen einen Kaffee anbieten?"

„Nein danke. Schönen Tag noch. Und nicht Parken hier."

Schräg gegenüber ist der neue Imbiss unserer türkischen Freunde. Er hat mich entdeckt und ruft: „Komm."

Neben ihm steht eine junge Frau.

„Meine Tochter", sagt er zu mir. Sie ist schön.

„Mich interessiert neben deinem guten Hamburger nur Eins. Mit welcher Technik macht ihr diese schönen Kinder?"
Die Tochter lacht.
„Ich muss in die Schule" und schon ist sie weg mit einem jungen Freund aus der Nachbarschaft.
„Langsam aber sicher müsste Landeck, arazi köşesi heißen."
„Du schlauer Wicht."
„Naja. Ihr habt doch Landeck voll im Griff, denke ich."
Tatsächlich haben unsere türkischen Freunde das erkannt, was wir DDR Bürger erkennen mussten. Wir ziehen einfach in das Zentrum der Arbeitsmöglichkeiten für Migranten. Und das ist doch zweifellos die Gastronomie. Da sparen wir uns wenigstens die Maut, die Steuer an unsere Besatzer und Ausgaben für die Heimreisen. Einige Freunde behaupten, sie würden sich auch den Anblick der Familie sparen. Trotzdem überweisen sie Geld nach Hause. Leicht ist das nicht nach dem Abzug der Miete. Zumindest bekommen wir so schnell erklärt, warum unsere Mitstreiter so einen großen Appetit haben beim Personalessen.
Wie üblich, lasse ich mir am Reschen den Tank randvoll. Aktuell spare ich vierundzwanzig Cent je Liter. Das ist schon ein gewaltiger Betrag.
Nach dem schnellen Ende des Einsatzes, rufe ich natürlich sofort die Stellen an, die für mich noch in Frage kämen. Dazu nutze ich jede Fahrpause. Also

auch die Tankpause gepaart mit dem Besuch von Ingrid in ihrem Imbiss. Bei meinen türkischen Freunden der Tankstelle trinke ich einen Kaffee. Bei Ingrid natürlich auch – einen handgebrühten mit Südtiroler Kaffee. Das bringt mich gedanklich sofort nach Hause in unsere Nachbarschaft, der Kaffeerösterei. Ich stelle fest, mit dem neuen Namen hat sich auch die Qualität leicht verbessert. Zumindest im gebrühtem Zustand. Gefiltert haben wir das noch nicht probiert.

Alle Angerufenen waren nicht sofort erreichbar. Die rufen jetzt nacheinander während der Fahrt an. Ich höre das unter dem Helm. Pause lege ich aber keine ein. Ich kontrolliere das zu Hause.

Kaum bin ich da, klingelt das Telefon wieder. Die Nummer kommt mir recht bekannt vor. Die Seiser Alm. Rudolf ist dran.

„Der Einheimische ist gegangen. Du kannst bei uns anfangen."

Nach der Enttäuschung der Absage trotz Zusage, soll ich jetzt doch dort anfangen. Mein Widerwille wird angesprochen. Er kämpft mit meinem weichen Gemüt. Ich werde Joana fragen, was sie dazu sagt.

Joana sagt mir bei ihrer Ankunft, ich solle doch das Angebot annehmen. Zu viel Ruhe versklavt den Leistungssportler – Koch zu einem sich rasant entwickelndem Übergewicht. Das ließe sich nicht mal mit Wandern oder Laufen besiegen. So lange kann kein Mensch mit kaputten Füßen rennen. Dann doch lieber eine Versklavung als Koch. Wobei der Weg zur Alm hoch riskant ist. Jede hundertste, unfallfreie Fahrt zur Arbeit und zurück, müsste eigentlich mit einem Feiertag begangen werden. Dagegen sind Rennfahrer mit ihren hundert Kilometer Rennen, reine Fahranfänger. Die Völs hinauf würden sie durchdrehen oder auf dem Grill irgend eines Fahrzeuges landen.

Den kommenden Tag habe ich versprochen. Rudolf erwartet mich. Das Haus ist voll belegt. Gäste vom Spatzenfest sind auch noch im Haus. Die werden teilweise als besonders primitiv beschrieben von den Gastgebern. Ich will jetzt nicht vermuten, das läge an dem hohen Anteil von Thüringer Touristen. Die haben wenigstens anständige Wurst in ihrem Gepäck. Mit Hunger und einem Buffetverbot kann man diesen Gästen schon mal nicht drohen. Die können locker zu spät am Buffet sein. Ich vermute eher, die bekommen an unserem Frühstücksbuffet einen Lachkrampf. Sicher beim Anblick der Aufschnittplatten.

Zur Feier des Tages spendiere ich uns eine Pizza bei Doris. Das Bier lasse ich aus. Dienst. Ein Bier hinterlässt bei mir einen eigenartigen Alkoholspiegel. Wie scheint, nützen bei mir die Berechnungen gar nichts. Entweder bin ich vom Bier tagelang besoffen oder von meinen Kontakten. Das Rätsel konnte ich bisher nicht lösen.

Zur Seiser Alm sind es achtzig Kilometer von mir aus. Das ist so, als würde ich täglich von Karl-Marx-Stadt nach Dresden zur Arbeit fahren. Der Unterschied ist schnell ausgemacht. Von Karl-Marx-Stadt nach Dresden benutze ich die Autobahn. Von Meran zur Seiser Alm, die Landstraße in den Bergen. Mit dem Auto würde ich zwei Stunden benötigen. Mit dem Motorrad, die Hälfte. Bei einem Dienst von früh acht Uhr bis abends, zwei und Zwanzig Uhr mit Glück, ist es schon wichtig, die Zeit für Fahrtwege einzusparen. Die optimale Bewegungsform ist damit schnell ausgemacht. Ein motorisiertes Zweirad. Vor allem in Saisonzeiten. Stellen wir uns jetzt vor, im Winter lässt das Wetter kein Zweirad zu, sind wir gezwungen, unsere Familie seltener zu sehen. Wäre das im Sommer ähnlich, könnten wir uns von unserer Familie dauerhaft verabschieden. Unsere Kollegen aus dem besetzten Osteuropa können davon ein Lied singen. Auch unsere Kollegen aus Pakistan, Bangladesch und Afrika singen das gleiche Lied. Ganz zu schweigen von den Kollegen aus Jugoslawien, Moldawien und der Ukraine. Zwischenzeitlich durften wir auch Kollegen aus Portugal und Afghanistan kennen lernen. Mit jedem neuen NATO Krieg bekommen wir neue Kollegen. Die haben im Gegensatz zu uns, selten das Problem, ihre Familie besuchen zu müssen. Die Reste ihrer Familien haben sie schon in Bombenkratern suchen und beerdigen dürfen. Für sie geht es darum, sich ein neues Leben aufzubauen. Die Gastronomie ist ihr Betätigungsfeld. Selten als Koch. Aber die Abspüler und anderen Hilfskräfte sind gefragt. Zum

Glück werden die uns von der NATO fleißig herbei gebombt. Das wäre doch wirklich traurig, wenn wir unseren Dreck selbst abspülen müssten.

Die Alm hinauf bedarf es einer Sondergenehmigung. Zu der Zeit, zu der ich fahre, sitzt keiner im Kassenhäuschen. Wahrscheinlich soll ich die Gebühr jetzt durch den Türschlitz werfen. Das hat ungemeine Vorteile bei der Steuerabrechnung. Nicht für mich. Für den Spendenempfänger.

Alle Gebäude sind noch unbeleuchtet. Wahrscheinlich bin ich der Einzige, der sich um diese Zeit auf Arbeit bewegt in diesem Gebiet. In Bozen ist das etwas anders. Die niederen Kasten sind dort schon recht zahlreich unterwegs. Die Bäcker, Hausmänner, Frühstücks- und Reinigungskräfte auf alle Fälle.

Auf den Almen schlafen die Angestellten im Betrieb. Das macht die Lage so ruhig um diese Zeit. Ich bin sozusagen, ein ausgemachter Ruhestörer. Und dazu noch mit dem gehassten Zweirad unterwegs. In der Hoffnung, doch Einige mit meinem Yoshimura zu wecken, gebe ich natürlich etwas verhalten Gas. Bisweilen taucht vor mir ein stolzer oder weniger stolzer Rehbock auf. Die gehen mir, in Südtiroler Manier, ziemlich langsam und verhalten aus dem Weg. Einige nicken mir zu. Man könnte denken, sie grüßen oder bedanken sich. Ich blende in ihrem Revier selten auf. Der Weg ist mir bekannt und zu schnell fahre ich in dem Gebiet ohnehin nicht. Die

Anzeige für den Momentanverbrauch zeigt mir vier Liter. Da benötigen selbst Rasenmäher mehr.
Die Straße ist seit meinem letzten Besuch hier, endlich in Ordnung gebracht. Ich sehe keine Steinschläge. Unsere Schwerlastkipper, die wir bei Bauvorhaben in den Bergen einsetzen, sind auch der Auslöser von Steinschlägen. Es sind die Vibrationen, die diese Maschinen verursachen. Fünfzig Tonnen arbeiten nicht still vor sich hin. Das kennen wir doch von unseren Hausfrauen; oder? Ich finde, alle mehrspurigen Fahrzeuge haben in den Alpen nichts zu suchen. Bis auf unsere Busse und Baufahrzeuge. Ein verhaltenes Tempolimit würde den Genuss sogar noch steigern. Erwachsene Motoristi wissen das. Kaum bin ich Oben, begrüßt mich ein Sonnenaufgang, der mich sofort auffordert, ein Foto zu schießen. Ich könnte das jeden Tag aufs Neue tun. Es ist einfach überwältigend. Ich gehöre jetzt nicht zu den Leuten, die jeden Berg auswendig mit dem Namen kennen. Mir reicht, wenn ich unsere Lebensmittel in Italienisch aussprechen kann. Das schützt uns vor Hunger. Bis jetzt. Die verschiedenen Gipfel hingegen, bringen oft Unwetter. Und das nicht zu selten. Genau an denen sammeln sich die Wolken bei Tiefdruck. Motoristi wissen das. Sie kennen jeden Berg. Nicht vom Namen her. Nur wegen seiner Anziehungskraft. An jedem Berg scheint ein Stoppschild für Durchziehende zu kleben.

Auf der Alm ist der Weg für Motoristi weniger gut gepflegt. Dafür aber für Wanderer und Radfahrer. Wobei ich den Radfahrer auch als Motoristi sehe. Ich treffe selten Radfahrer, die das Vehikel aus eigener Kraft bewegen. Die Batteriebehälter werden immer größer. Auch die Hintern der Fahrer.

Kaum bin ich da, werde ich empfangen. Nicht von Rudolf. Vom Hausmann. Er stellt sich mit Matej vor. Sein Name scheint slowakisch zu sein. Auch sein Dialekt.

„Bist du Slowake?“

„Ja.“

„Ist der Chef schon auf?“

„Nein.“

Matej ist neu im Betrieb. Mit meiner Kündigung, haben sich wahrscheinlich auch meine Kollegen verabschiedet.

„Ich muss mich umziehen.“

„An deinem Zimmer steckt der Schlüssel.“

Suchen muss ich nicht lange. Es ist mein gewohntes Zimmer. Ich muss gleich lüften. Die neuen Möbel verstreuen einen ungewöhnlichen Geruch.

Jetzt habe ich noch etwa eine Stunde Zeit bis zum Personalfrühstück. Früher habe ich mich etwas hingelegt. Heute tu ich das auch. Mein Telefon ist der Wecker. Hoffentlich höre ich den. Am ersten Tag möchte ich nicht unbedingt zu spät kommen.

Der Dienst beginnt. Gemütlich bewege ich mich in Richtung Küche. Schon im Keller höre ich aufgeregten

Streit. Ich dachte, die Stimme kommt dir bekannt vor. Ein Lieferant.
„Bist du wieder hier?“
„Mal sehen.“
„Na dann. Viel Glück.“
Der Wunsch wurde in einer Tonlage abgegeben, die mich etwas stutzig macht.
Beim Lieferanten steht ein Koch. In der Sommersaison. Das habe ich die anderen Jahre allein gemacht. Die Familie hat mich am freien Tag vertreten. Will Rudolf das nicht mehr machen? Was ist mit Joseph? Mori, der Hausmann, ist nicht mehr da. Komisch. Ich gehe mit dem Koch in die Küche. Begrüßt werde ich nicht von Rudolf. Gerda, die Tochter begrüßt mich. Rudolf kommt gleich mit einem Kaffee.
„Ich habe das Geschäft auf Gerda und Oliver überschrieben.“
„Also, habe ich zwei neue Chefs?“
Rudolf lacht.
„Nein. Vier. Gerda und Oliver sind verheiratet.“
So schnell geht das in Südtirol.
„Das habt ihr aber ohne mich gefeiert.“
„Das ist im Urlaub passiert.“
Die fahren nach Ägypten in den Urlaub, heiraten dort womöglich noch und krempeln den gesamten Betrieb um. Mit Gerda habe ich mich nie gut verstanden. Die saß im Büro und hatte hunderte Allergien. Ihr sollte

ich immer ein extra Essen kochen. Eine halbe Stunde für eine Kraft, täglich. Von meiner Freizeit.
Gerda hält mir auch gleich einen Zettel hin. Auf dem steht das Menü. Das Menü wird sie schreiben und vorgeben. Eigentlich wäre das für mich von Vorteil. Das bringt mir etwas mehr Freizeit. Denke ich. Nur, wer meldet wohin den Warenbestand?
Ich lese das eine Menü durch.
„Ist das das Einzige? Oder habt ihr die Menüs bereits vor geschrieben?"
„Ja. Hier sind die anderen."
Ich lese auch die durch. Die Rohstoffe wiederholen sich permanent in den Menüs. Nirgends eine Abwechslung. Eintönig.
„Soll ich die Menüs umschreiben?"
„Nein. Die bleiben so."
„Tut mir leid. Das kann ich weder kochen, noch würde ich dafür meinen Namen hergeben."
Zum Glück habe ich noch nicht ausgepackt. In der Regel ließe sich das ausdiskutieren. Fehlanzeige. Bei diesen Menüs würde ich ungeheuer viel Müll und Reste produzieren. Außerdem wäre der Einkauf viel zu teuer. Das lehne ich ab. Wohl in dem Wissen, ich werde der sein, dem das vorgeworfen wird. Die Hälfte der Speisen wären Fertigprodukte. Das geht nicht.
„Für die Menüs könnte ich keine Verantwortung übernehmen. Das lehne ich ab."
Rudolf verkriecht sich gleich wieder. Oliver auch. Gerda scheint mein Verhandlungspartner.

„Ich habe das gelernt und dabei bleibt es."
„Dann würde ich sagen, du kochst das selbst."
„Du willst das nicht machen?"
„Nein. Das ist auch mein letztes Wort dazu. Du weißt, ich lehne solche kindischen Dialoge ab. Entweder schreibe ich die Menüs, die ich koche oder ich koche nicht."
„Na gut. Danke für deine Bewerbung."
„Tschüss. Grüße Oma und Opa von mir."
„Opa lebt nicht mehr."
Tja, dachte ich mir. Der Sklave ist zuerst gegangen. Er wollte den Müll in der Mülltonne zusammen treten. Beide sind zusammen umgefallen. Die Tonne hat es überlebt.
Beim Verlassen des Hotel traf ich nicht einen Menschen. Die stehen wahrscheinlich hinter den Gardinen. Ich muss mich neu kümmern. Die Saison ist total hinüber, scheint mir. Wenn ich das Joana erzähle, ernte ich verzweifeltes Kopfschütteln.
Wenn ich im Etschtal nichts bekomme, bleiben mir noch die Dolomiten. Vielleicht gibt es da eine Anzeige. Die Ausfahrt genieße ich trotzdem. Ich fahre über Klausen zurück. Am frühen Vormittag ist auf der Völser Straße zu viel Betrieb. Touristen, Busse und Baufahrzeuge machen mir den Arbeitsweg zu gefährlich.
Mein erster Anruf geht zu den Arbeitsvermittlern. Bei ihnen scheint es eine große Nachfrage zu geben. Trotzdem darf ich schon bei den ersten Gesprächen

registrieren, die freien Stellen werden nicht abgemeldet bei Besetzung. Es kann aber auch sein, meine Sprache erweckt Ablehnung. Sächsisch finden zwar Viele lustig, aber auch lästig. Oder gehen sie davon aus, Sachsen seien faul? Naja; fauler als unsere Gastgeber können wir DDR Bürger schon mal nicht sein. Wir müssen uns immerhin eine neue Existenz aufbauen.

Zu Hause wird mir schnell klar, welche unglaublichen Misshandlungen sich Joana gefallen lässt. Nur, um unsere Familie zu ernähren. Wir haben schon ein paar Mal versucht, aus diesem Teufelskreis auszubrechen. Vielleicht wäre eine Auswanderung besser gewesen. Leider sind unsere finanziellen Möglichkeiten derart begrenzt, dass wir den Gedanken regelmäßig über Bord werfen.

Ausgerechnet die suchenden Betriebe sind jene, die mit ihren Mitarbeitern auch entsprechend umgehen. Keiner bleibt dort. Genau diese Betriebe werden aber, wenn man zu spät ist, die Ansprechpartner für Suchende. Das Elend darf sich also fortsetzen.

Mir fällt eine Anzeige in unserer Nähe auf. Wie üblich, wird dringend gesucht. Die Lage ist günstig. Ich muss nicht lange überlegen, wo sich dieses Objekt befindet. Das Ganze hat noch einen Vorteil. Ich habe wenig Arbeitsweg.

Ich rufe an und werde sofort aufgefordert, vorbei zu kommen. Per Email schicke ich schon mal meine Unterlagen. Ausdrucken können wir uns nicht leisten.

Zumal ich wirklich selten meine Unterlagen zurück bekomme. Ich weiß nicht, in welchen Sammlungen die verschwinden. Von Datenschutz kann so schon mal keine Rede sein. Diese Daten werden regelmäßig geklaut. Dabei sind die Unterlagen nicht unbedingt billig. Bei hundert Bewerbungen kostet mich das locker zwischen fünfhundert und eintausend Euro. Wieso soll ich als Arbeitsloser denen noch die Unterlagen zahlen? Die Email ist für mich also die preiswerteste Variante der Bewerbung. Dazu auch recht umweltfreundlich. Bei mir sitzt auch eine Einstellung ziemlich fest im Hinterkopf. Wer mit Hochglanzbroschüren arbeitet, ist ein Betrüger. Wir sagen dazu: Außen hui – Innen pfui.
Ich fahre sofort dort hin. Die Begrüßung ist herzlich. Wir stellen uns vor. Auf die Frage zu meinen Unterlagen, verweise ich auf die Email. Der Hotelier stellt sich mit Hannes vor.
„Wir haben noch kein Telefon und Internet."
„Aber ein Handy haben sie sicher."
Ich habe ja auf dem Handy angerufen.
„Ja. Wir wollen kommende Woche eröffnen."
Bis dahin sind es noch drei Tage. Er führt mich durch das Haus. Das Haus ist sehr schön. Gepflegt. Das Mobiliar ist zwar etwas älter, aber keineswegs ungepflegt. Das Haus verbreitet einen gewissen Charme. Einen Südtiroler Charme. Nicht überdreht. Nicht aufdringlich.

Von der Größe und dem Platz her, würde sich dieses
Haus für Gruppenreisen empfehlen. Das ist sicher
auch das Ziel meines Ansprechpartners.
Wir gehen gemeinsam in die Küche. Neu ist dort
nichts. Aber auch nicht ungepflegt. An den Kühlzellen
arbeiten gerade ein paar Handwerker. Die wirken
etwas widerwillig. Trotzdem routiniert.
„Der neue Koch?", fragen sie Hannes.
„Mal sehen", antwortet er.
Mich fragt Keiner. Ich komme mir vor wie ein fremdes
Werkzeug.
Von den Monteuren kommt mir Einer bekannt vor. Ein
ziemlich Durstiger. Den treffe ich häufig in unserer
Nachbarschaft bei Doris. Mich wundert, den Mann bei
seinem Durst, auch noch mit Fahrzeug zu sehen. Der
ist doch nie nüchtern. Wie geht das?
Ich fahre freudig nach Hause und koche meiner Joana
eines ihrer Lieblingsessen. Ein Strindberg. Das ist ein
Schweinesteak vom Rücken in einem Senf - Eierteig
mit reichlich Zwiebel.
„Gibt es Etwas zu feiern?", fragt sie mich bei ihrer
Ankunft.
„Ich habe eine Stelle in unserer Nähe gefunden."
Joana freut sich mit mir, Sie ist aber trotzdem ziemlich
skeptisch ob der Stelle.
Am gleichen Tag kommt der Sohn unserer Nachbarin
von seinem Dienst vorbei. Joana und ich sitzen auf
dem Balkon und genießen etwas den Feierabend.
„Hast du eine Arbeit?"

Die Frage kommt einem etwas vor wie ein gespieltes Mitgefühl. Der Sohn ist Gemeindepolizist in Meran. Man könnte fast meinen, unter Beobachtung zu stehen. Dabei ist es einfache Freundlichkeit und das Bedürfnis, etwas Reden zu wollen.
„Ja. Ich bin im Hotel Promenade."
„Oje. Dort wechseln oft die Pächter."
Der Einheimische mit geregelter Arbeit in der Position weiß das. Ich, bei meinem Dienst von Früh bis in die Nacht, natürlich nicht. Ich habe nicht die Zeit, in Zeitungen zu blättern und mit Nachbarn zu schwätzen. Mein Leben besteht aus Arbeitsweg, Arbeit und zu wenig Schlaf. Der eine freie Tag pro Woche mit Glück, wird einem noch mit Dringlichkeiten versaut. Ein Postamt von Innen zu sehen, ist bei unserer Arbeitszeit nicht möglich. Das betrifft auch die anderen Ämter. Viele würden das als Parallelgesellschaft bezeichnen. Ausschluss aus der Öffentlichkeit.
In dem Moment betrachte ich es als Glück, entlassen oder raus geschmissen zu werden. Ich kann endlich mal meine Betten aufschütteln und lüften. Ich frage mich oft, welche Liebe zum Beruf erwarten die Wirtsleute unter diesen Bedingungen. Ehrliche Liebe? Das können wir als Witz oder bloße Einbildung betrachten. Seien wir ehrlich. Diese Art der Berufsausübung ist lebenslange Folter. Und zwar, die grausamste Art von Folter.

Jetzt, mit Aussicht auf das Rentendasein, streite ich mich mit diesem Bürokraten sogar noch um meine Rente. Als hätte ich nicht täglich fünfzehn Stunden gedient. Das ist an Folter und Abscheulichkeit kaum noch zu überbieten. Die fordern von dem Unterdrückten auch noch Beweise für die Arbeitszeiten. Für was sitzt dieses Gesindel in einem Büro und schläft? Bezahlt von unserer Arbeit.
„Wir kennen nur einen Sechs-Stunden-Arbeitstag in Sechs-Tage-Woche. Alles Andere müssen sie klären." Die Wolke, auf der die sitzen, muss schon ziemlich dicht sein. Oder darf ich dazu Nebel sagen? Vielleicht, total Vernebelt?
Joana sieht noch nicht so mitgenommen aus wie am Saisonende. Sie verliert in einer Saison fast fünfzehn Kilo. Für eine ohnehin schlanke Frau, ist das substanziell. Keine Marathonläuferin würde diesen Zustand überleben. Die Welt trauert, wenn sich so eine Person dauerhaft verabschiedet. Nicht lange; nur geheuchelt. Sozusagen, als mediales Beileid für Geld. Ein Mensch, der auf diese Art zu Grunde gerichtet wird, muss sogar noch für den Mord bezahlen. Wenigstens einen Grabstein und das geheuchelte Beileid eines Kreuzschwingers.
Am Morgen verabschiedet sich meine Joana bereits fünf Uhr dreißig. Wie immer. Das Haus muss glänzen, wenn die Dreckfinken es durchfliegen. Wie jeden Tag, gibt es in allen Räumen die Hinterlassenschaften, für die sich Menschen öffentlich schämen würden. Was

davon ist jetzt geheuchelt und was nicht? Die gespielte Scham? Oder die Hinterlassenschaft?

Am kommenden Tag fahre ich natürlich recht früh hin, um mich zu erkundigen, ob ich angenommen werde. Hannes und seine Frau, Elena sitzen im Büro hinter Riesenbergen von Papier. Beide haben einen ziemlich roten Kopf und stöhnen vor sich hin. Der unendliche Papierkram scheint den Zweien die restlichen Nerven zu rauben. Hannes sagt aber kein Wort zu mir. Er duldet diese Art der Folter. Der Besitzer des Hauses steht bei ihnen. Offensichtlich hat man gerade wegen der Pacht verhandelt. Es ging um den Außenbereich und die Tiefgarage. Ich staune. Eine Tiefgarage haben wir auch noch.

Generell erfährt ein frischer Angestellter täglich etwas Neues. Das geht in manchen Betrieben einen Monat lang so. Peinlich wäre das, wenn ich erst nach einem Monat erfahre, wo sich die Personaltoilette befindet. Das ist mir leider schon passiert. Zum Glück, würde ich sagen. Ich hätte sonst bereits am ersten Tag mein Essen durch den Haupteingang verloren. Wieso putzt ein Hygienepersonal nicht die eigene Toilette nach deren Benutzung?

Hannes hat sich entschieden, mit mir zu sprechen. Er führt mich wieder durch das Haus und zeigt mir die Lager. Nebenbei gibt er mir den Hinweis, bei uns befindet sich auch eine Diskothek. Er öffnet mir die Tür zu diesem Raum. Wunderschön, muss ich sagen. Wer Diskotheken aus der DDR oder dem Ostblock kennt, weiß, wir haben uns eher um die Musik und die Frauen gekümmert. Die Einrichtung war uns im Grunde egal. Hier scheint das anders zu sein. So eine schöne Diskothek haben wir auch am Comer See besucht. Wir waren dort fast die einzigen Besucher. Vielleicht waren wir dort nur zu zeitig? Kann sein. Jedenfalls hat es uns dort bis drei Uhr früh gefallen. In dieser Diskothek würde mir es auch gefallen. Ein Meisterstück.

Die weitere Führung bringt uns in eine Art Kino. Jedenfalls scheint mir, es wäre ein Kino gewesen.

„Das wird unsere neue Bar."

Das glaube ich gern. Dort steht bereits der Sohn vom Chef, Simon. Am Tresen stehen doch tatsächlich Handwerker und verrichten dort ihren Dienst mit einem Glas in der Hand. Wollen wir hoffen, sie haben den Stundenzettel nicht dabei.

„Ist das der neue Koch?"

Die reden nicht mit mir. Die reden mit Hannes. Hannes scheint sich etwas zu schämen bei der Frage. Stutzig macht mich nur eine Bemerkung. Der „neue Koch".

Wie kann ich bei einer Neueröffnung der neue Koch sein? Das zu beantworten, überlasse ich den Geistern am Tresen.

Hannes rät mir, morgen anzufangen. Ich könnte gleich bei der Grundreinigung der Küche helfen. An sich ist der Gedanke recht günstig. Auf die Art lerne ich die Räumlichkeiten und Wege kennen. Ich bin

einverstanden. Außer dem sind auch die Lieferungen für die Eröffnung einzuräumen. Ein Hausmann soll mir helfen. Der ist im Moment nicht zugegen.
Wir gehen zurück ins Büro und unterschreiben den Arbeitsvertrag.
Danach entscheide ich mich, eine Runde ins Schnalstal zu fahren. Ich brauche dringend frische Luft und etwas Ablenkung. Die innere Freude muss ich irgendwie beruhigen. Zu Hause möchte ich nicht all zu euphorisch wirken. Joana würde mir wieder ein paar Standpauken halten. Nach einer kleine Runde, kann ich mich etwas abkühlen und sogar ein bisschen verbraucht wirken. So nach der Methode von Beamten: „Ich hatte heute Stress.“
Zur Feier des Tages entscheiden wir uns, eine kleine Ausfahrt nach Riffian zu unternehmen. Wir gehen ins Riffl und gönnen uns ein paar Pommes mit einem Mailänder Schnitzel.
Natürlich ist der Verkehr um diese Zeit ziemlich dicht. Beinahe hätte ich einen Bus auf einer Brücke geküsst. Der Fahrer hat laut gehupt und ich bin ziemlich erschrocken. Mit einem Vollhelm hat man doch nicht den Überblick, den sich ein Motorradfahrer wünscht. Der Blick durch einen Vollhelm ist in etwa mit einem Blick eines Beamten vergleichbar. Tunnelblick. Der Blick kann ziemlich starrsinnig machen. Warum gerade Autofahrer über diesen Blick verfügen, kann ich nicht nach vollziehen. Die haben doch Fenster und Spiegel an jeder erdenklichen Ecke. Vielleicht wurde

ihr Sichtfeld mit einem Bildschirm verengt? Ich denke gerade an Telefonbildschirme. Das Ergebnis würde ich nicht mehr als Verengung betrachten. Das wird dann schon reine Sturheit sein. Oder soll ich Starrsinn sagen.

Wegen einer mit einem Handy bewaffneten Dame mussten wir gerade eine Vollbremsung unternehmen. Joana ist mir fast über die Schulter geflogen. Ich glaube, die Dame hat das nicht mal gemerkt. Ihr Kopf und der Handybildschirm waren Eins.

„Die kannst du überfahren. Die wecken erst im Krankenhaus auf", sagt Joana zu mir.

Der Abend geht etwas glücklicher zu Ende als sonst. Wir duschen zusammen.

Der kommende Morgen ist etwas hektischer. Joana ist besorgt um mein Aussehen. Sie legt meine beste Kochuniform bereit. Ich entscheide mich für zwei Messer, den Stahl und einen Schleifstein. Das Handgepäck soll nicht zu sehr belasten am ersten Tag. Das muss auch in die Tanktasche passen.

Das Haus ist verschlossen und ich suche verzweifelt einen Eingang. Keiner rührt sich. Ich klopfe an allen Türen und Fenstern, die an diesem Gebäude zu finden sind. Nichts. Jetzt versuche ich es auf der Rückseite. Die liegt direkt an der Etsch. Eine kleine Liegefläche mit ein paar Sonnenliegen, einem Grill und einer Garage zeigen sich mir. Die Garage steht offen. Ich rufe. Der Besitzer des Anwesens empfängt mich.

„Ich schließe dir auf", sagt er.

„Hannes ist noch nicht da. Du musst dich selbst kümmern."
Nebenbei zeigt er mir den Keller des Hauses, den ich von der Seite noch nicht gesehen habe. Schön.
Der Keller steht mittlerweile voller Lieferungen für unsere Eröffnung. Walter stellt sich mir vor und zeigt mir auch gleich, wo ich meine Küchenlieferung einräumen kann. Das Lager steht noch offen. Bis auf ein paar Konserven, steht nichts darin. Frisches Fleisch im Vakuum ist auch dabei. Ich kann mir schlecht vorstellen, welche Lieferanten frisches Fleisch zu einer Zeit liefern, zu der kein Empfänger zugegen ist. Da gehört schon ein gewaltiges Verständnis für Frische dazu.
Ich versuche, das Fleisch als Erstes in das Kühlhaus zu transportieren. Walter hilft mir tatkräftig dabei.
Im Volksmund wird er etwas kritisiert. Eher darum, weil er von dem Pächter eine ziemlich hohe Miete verlangt. Für die Größe das Hauses mit seinen vielen Nebengelassen, scheint mir die Miete, die ich erfahren habe, nicht zu hoch. Zu hoch ist sie lediglich für Unternehmer, die sich schlecht organisieren. Wir haben ein Hotel oder zumindest Zimmer, ein Restaurant, eine Pizzeria, eine Disco und eine Tiefgarage. Ein ziemlich großer Parkplatz ist auch dabei. Eine Familie allein kann das schlecht mit Leben erfüllen. Es sei denn, wir sehen die Bewohner eines Tales mit gleichem Nachnamen als eine Familie an. Dann klingt das schon realistischer, würde ich

vermuten. Wir reden von einem gewaltigen Komplex, der, wenn wir daran vorbei fahren, gar nicht so groß erscheint. Natürlich fordert die Erhaltung eines solchen Gebäudes auch finanzielle Kraftaufwendungen. Die müssen dort erwirtschaftet werden. In einer zersplitterten Gesellschaft ist das schwer möglich. Höchstens, wenn man sich entscheidet, das als Genossenschaft oder Konsortium zu bewältigen. So denkt sich das ein Meisterkoch mit Ausbildung in der DDR. Wir hatten immerhin sehr viele solche Objekte. Auch Objekte, die wir als Hinterlassenschaft betrieben haben. Nehmen wir nur unsere Kulturhäuser, die in fast jeder größeren Stadt oder Kreisstadt standen. In der DDR waren selbst Familien in der Lage, solche Riesenobjekte erfolgreich zu führen. Mit der Wende hat sich das in Luft aufgelöst. Und da soll ich von einem Vorteil des Kapitalismus reden? Ich muss lachen. Walter denkt sich bestimmt, der hat einen Schatten. So, wie der vor sich hin grinst.

Das Kühlhaus ist repariert. Die Temperatur braucht eine Neueinrichtung. Das Thermometer zeigt Minusgrade. Für das Gemüse, das heute erwartet wird, wäre das fatal. Auch für das Fleisch, die Eier und Molkereiwaren.

Ich suche gleich die Bedienungsanleitung. Irgendwo muss die doch liegen. Bei dem Durcheinander, vermute ich sie in den reichlich verteilten Kisten, die noch in der Küche stehen. Gefunden. Ich schlag die

Seite auf. Italienisch. Jetzt wird es komplizierter. Und das ausgerechnet in einem Land der Zweisprachigkeit. Wie scheint, denkt Keiner an die Deutsche Sprachgruppe. Und das ausgerechnet ein Unternehmen aus Südtirol darin nachlässig ist, lässt mich bisweilen mit dem Kopf schütteln. Ich suche also weiter.

Plötzlich springt die Küchentür auf. Hannes kommt herein und wünscht mir einen Guten Morgen.

„Ich suche die deutsche Bedienungsanleitung für das Kühlhaus.“

„Die liegt bei mir im Büro.“

Und schon haben wir den Fehler. Es war meiner. Für meine wilden Gedanken muss ich mich nicht unbedingt bei dem Südtiroler Installateur entschuldigen. Er hat meine Gehirnströme ja nicht aufgenommen.

Hannes hat natürlich den Wunsch festzustellen, ob ich seinen Vorstellungen von Südtiroler Küche entspreche.

„Das Personalessen kannst du uns heute zubereiten. Ein Kollege kommt morgen.“

„Wie viele Kunden darf ich erwarten?“

„Mit den Fahrern werden wir fünfzehn Leute sein.“

Es dauert gar nicht lange und ein Kollege betritt die Küche. Er ist der Pizzaiolo. Er kommt mir von irgend Woher bekannt vor. Ich kann ihn aber nicht einordnen. Er stellt sich mit Paolo vor. Zu mir sagt er lachend Carlo. Sein Vater würde so heißen. Jetzt habe ich wahrscheinlich einen Stein im Brett bei ihm. Köche lieben Pizza. Für einen Koch ist das die Mahlzeit in einem Stück. Ein gebackener Eintopf. Die Pizza zeichnet sich durch eine Harmonie im Geschmack aus.

„Als Personalessen können wir heute auch Pizza backen."

„Ich muss den Ofen testen. Das machen wir, wenn der Herd nicht funktioniert", antworte ich ihm.

„Der Chef möchte mich testen."

„Alles klar. Was gibt es heute?"

„Ich weiß noch nicht. Eventuell Mailänder Schnitzel."

„Das passt."

Wieso lieben alle Menschen panierte Schnitzel? Keiner kann sehen, was sich unter der Panade befindet. Trotzdem lieben sie das. Wollen die unbedingt beschissen werden? Vom Verhältnis her, würde ich ein paniertes Schnitzel mit einem belegten Brot vergleichen. Vielleicht lieben Menschen belegte Brote?

Nach dem Einräumen der Schlachtprodukte, teste ich den Herd. Gas. Oh Gott. Ich teste die Lüftung. Sie geht. Die Abluft. Ich frage Hannes, wo sich die Lüfter befinden. Er geht mit mir zusammen in den Keller. Dort sind keine.

„Vielleicht sind sie Außen aufgesetzt?"

Wir gehen vor das Haus und schauen nach Oben. Vorbei fahrende Autos hupen. Hannes winkt. Blind. Er weiß nicht, wer an uns vorbei gefahren ist. Wir lachen darüber zusammen.

„Am besten, wir fragen Walter."

Der kommt gerade aus dem Haus.

„Wir suchen die Lüftung."

„Die ist unter dem Dach verbaut."

„Gibt es auch eine Zuluft?"

„Die habe ich abgestellt. Mach einfach das Fenster auf."

Damit ist ja schon das Gröbste geklärt. Zumal ich bei Gasbetrieb eh das Fenster öffnen muss. Die Lüftungen sind in der Hinsicht fast schon ungeeignet. Vor allem Jene, die zusammen mit der Abluft unter einer Haube betrieben werden. Die Frischluft wird sozusagen, unter der Nase des Kochs gleich wieder abgezogen. Da brauchen wir uns nicht wundern über unser schlechtes Blutbild. Handwerk hat eben Goldenen Boden. In Folge von diversen handwerklichen Wettbewerben, die europaweit als Wettbewerb abgehalten werden, werden wir sehr oft mit der Mitteilung beglückt, in Südtirol arbeiten die besten Handwerker Europas. Bei diesen Äußerungen möchte ich fast vermeiden, in einem anderen Land arbeiten zu müssen. Die angeblich guten Handwerker nützen aber wenig, wenn der Anwender mit der Anlage nicht zurecht kommt oder sie aus Kostengründen abstellt. Der gute Handwerker nützt also nichts, wenn das System krank ist. Der Auftraggeber hat die Wahl zwischen einem

minderwertigen oder einem voll funktionierendem System. Leider sind gute Systeme für die Gastronomen nahezu unerschwinglich. Nicht selten, arbeitet die dritte Generation der Gastronomen noch am Darlehen der ersten. Demnach auch an der Lüftung, die mit diesem Darlehen gebaut wurde.
Die Lüftung ist dann automatisch das, was wir vorgesetzt bekommen. Der Bestandteil einer Gaskammer. Nach der Ansicht diverser Politiker und Wirtschafter, gehören Proleten genau dahin. Die Lüftung ist doch als Maserati Cabrio bedeutend wirkungsvoller. Zumindest werden damit die zu erobernden Damen frisch gehalten. Schließlich muss der kleinste Finger des Piloten, reibungs- und geruchlos seinen Platz finden.
Der erste Ansatz ist wie immer eine Brühe. Sämtliche Abschnitte werden darin angesetzt. Wie gewünscht, wird es ein paniertes Schweineschnitzel. Die Zubereitung wird sehr oft unterbrochen. Laufend kommen Lieferungen. Bei wenig Durchblick, kann so in kurzer Zeit ein reges Chaos entstehen. Grundputz, Lieferungen einräumen, Essen kochen.
Hannes hat mir auch gleich einen Zettel her gelegt, auf dem ich ihm das Menü für unser a la carte aufschreiben soll. Ich putze also mit den Händen, mit denen ich koche und schreibe mit meinem Hintern das Menü. Zufällig, und dafür sind wir auch ausgelegt, rechnet Hannes natürlich mit Arbeiteressen. Unsere Lage ist günstig. Was bietet sich also mehr an.

Immerhin haben wir auf der Vinschger Straße, mehrere Betriebe, die das anbieten und davon recht gut leben. Paolo sagt mir, unsere Pizza wird auch schon mittags angeboten. Wir haben damit das volle Sortiment.

Mit dem breiten Sortiment wird die Arbeit nicht leichter. Sicher auch nicht die Verwaltung der Rohstoffe. Das Sortiment wird breiter und damit auch teurer. Anfangs ist der Schritt zu begrüßen. Wir müssen heraus bekommen, welche Speisen und Getränke bei uns besonders gefragt sind. Wir erfassen also auch die Verkaufszahlen.

Hannes spekuliert auch mit Busreisen. Wahrscheinlich sind schon die entsprechenden Werbemaßnahmen eingeleitet. Für die Zwischensaison sind Busreisen für uns eine nicht zu unterschätzende Einnahmequelle. Nicht wegen deren Umsätzen. Wegen des Werbeeffekts und der damit folgenden Umsätze. Auf unserem Parkplatz steht Etwas. Und das zieht Kunden an. Das ist eben der Vorteil, den wir direkt an der Hauptstraße genießen dürfen.

Ich entscheide mich für die Sächsische Variante des Schnitzels. Für ein Schnitzel mit Pilzen. Der Gemüsehändler hat mir Champignons mit angeboten, die ich natürlich gleich mit verkoche.

Zum Mittag stellt sich auch unser Discobetreiber vor. Gabriel. Er kommt mit einem Freund. Zusammen räumen die Zwei die Disco ein. Am Wochenende soll es los gehen.

Die Küchentür springt auf. Eine Deutsche fragt mich, wie es zur Toilette geht.

„Hier sind sie richtig", habe ich ihr geantwortet. Irgend ein Mitarbeiter oder Arbeiter, hat vergessen, die Eingangstür zu schließen.

„Hier?", fragt sie mich und stellt auch gleich fest, der ist ein Ostdeutscher. Die Reaktion lässt darauf schließen, sie kommt aus der Amerikanischen Zone.

„Die Toilette wird sicher noch gebaut", sag ich ihr.

„Noch ein paar Meter in Richtung Meran und sie sehen rechter Hand eine Tankstelle. Dort bekommen sie einen Schlüssel."

So, wie sie sich benimmt, war es mit der Notdurft nicht so dringend. Sie schaut in die Runde und klebt an dem Platz bis sie von Hannes aufgefordert wird, zu gehen.

„Wir haben geschlossen!"

Er sagt ihr das nicht besonders liebevoll. An unserer Eingangstür steht: Neueröffnung in zwei Tagen. Das steht nicht nur an der Eingangstür. Etwas größer, ist es auch an den Fenstern angeschlagen. Ich folge ihr bis an die Tür. Vor dem Auto steht ein Riesenschild: Wir öffnen in zwei Tagen. Den Tageshinweis kann Hannes mit einem passenden Wechselschild ändern. An der Eingangstür und an den Fenstern steht das Eröffnungsdatum mit dem Wochentag. Das dreisprachige „Geschlossen", hat die Dame wahrscheinlich übersehen. Nach so einer langen Fahrt kann die Steuerung schon mal versagen. Dem

Nummernschild nach zu urteilen, kommen die aus dem hohen Norden des Reiches. Aus dem Gebiet kommen einige namhafte Deutsche Politiker. Dort ist wahrscheinlich das Verständnis von Schildern und Warnhinweisen nicht besonders ausgeprägt. Wie scheint, ist das eine gut gepflegte Tradition in dem Gebiet.

Elena, die Frau vom Chef, kommt mit Simon, dem Sohn in die Küche. Sie möchten das Personalessen in die Bar mitnehmen. Dort ist wahrscheinlich vorübergehend, der Personalspeiseraum. Es könnte natürlich auch sein, die Lösung ist für die Dauer so vorgesehen. Das gibt reichlich Arbeitsweg. Die Bar ist mit einem separaten Eingang von Außen erreichbar. Von Innen, weiß ich den Weg noch nicht.

„Wie komme ich in die Bar?"

„Komm mit."

Ich folge den Zweien. Zuerst gehen wir durch unser Restaurant mit Separee, dann durch die Pizzeria - auch mit Separee , dann an den Toiletten vorbei in die Bar. Ich stelle mir gerade vor, irgend eine Restauration davon hat schon geöffnet.

„Können wir das Personalessen nicht im Separee unseres Restaurants servieren?"

In diesem Zimmer ist sogar ein Platz für ein Buffet vorgesehen. Auch die Elektroanschlüsse. Elena klopft sich auf die Stirn.

„Mein Gott, Das habe ich noch gar nicht bemerkt."

„Ich glaube, später werden sich die Gäste dort hin setzen, wo sie einen Platz finden.“
Trennen lässt sich das bei den Gästen nur mit verschlossenen Türen. Und das wäre vielleicht etwas unproduktiv. Ich kann das nur vermuten. Wer kann sich einen Türsteher leisten, der die Pforten aufreißt, wenn sich ein Bus oder größere Menschenmenge nähert. Gerade unsere Italienischen Freunde reisen in größeren Gruppen. Einer von ihnen wird in das Restaurant geschickt. Wenn der keinen Platz sieht, geht die ganze Gruppe. Ehe Hannes aus dem Büro kommt, ist die Gruppe bereits im Schnalser Tunnel.
Im Grunde sind das alles nur Schwierigkeiten, die bei Neueröffnungen vorkommen. Mit etwas Routine sind die schnell vergessen. Trotzdem scheint mir, sind bestimmte Gäste ziemlich nachtragend in der Beziehung. Die kommen deswegen nicht wieder. Gepaart mit dem schlechten Ruf des wirklich schönen Objektes, ist das kein guter Beginn.
Gabriel kommt in die Küche. Ein aufgeweckter, freundlicher Mann mit einem Lächeln auf dem Gesicht.
„Morgen ist unsere erste Disco. Was kochst du den jungen Leuten?“
Mit der Frage bin ich etwas überfordert.
„Ich bin sicher nur bis neun Uhr da. Habt ihr zu der Zeit schon Gäste?“
„Die kommen viel später, schätze ich.“

„Wir waren doch schon bei dir in der Disco. Habt ihr eine Küche oder einen Raum, in dem ihr Speisen zubereiten könnt? Du hast mir den nicht gezeigt."
„Ein kleiner Raum wäre schon da."
„Kannst du in dem warm kochen? Gibt es eine Zu - und Abluft?"
„Meines Wissens, nicht."
„Biete doch den jungen Leuten Würstel und belegte Brote an."
„Das klingt gut."
„Später kann man dann auch Suppen und Salate mit anbieten."
„Ich überlege mir das noch."
„Zur Eröffnung kann ich dir mit deiner Hilfe, ein paar Sandwichs machen."
„Deswegen bin ich bei dir."
Gabriel braucht ziemlich lange, um auf den Punkt zu kommen. Eine gute Südtiroler Gewohnheit. In Sachsen bezeichnen wir diese Taktik als Weichklopfen. Günstig eingesetzt, erzwingt das bei Zeitmangel eine Zusage.
Wir rechnen mit zehn Platten belegter Brote. Die Platten sind etwa so groß wie ein Viertel eines Tisches für vier Personen. Ich backe auch ein paar süße und herzhafte Kleingebäcke dazu. Gabriel ist sehr zufrieden damit.
Ähnlich bereiten wir auch die Eröffnung des Restaurants vor. Paolo bäckt kleinere Pizzas und ich stelle eine kleine Auswahl warmer Gerichte und ein

Kaltes Buffet her. Hannes rechnet, außer bei den Handwerkern, mit recht wenig Besuch. Sollte Etwas übrig bleiben, geben wir das in die Disco zu den jungen Leuten. Wir sind uns sicher, die verbrauchen den Rest.

Die Türen öffnen sich. Nach und nach treffen die Handwerker ein. Meist gut angezogen und mit ihren Familien. Die Männer gehen gleich an die Bar. Die Frauen und Kinder nehmen im Restaurant Platz.

Die Familie bedient unsere Gäste. Jetzt treffe ich das erste Mal die komplette Familie. Dazu gesellen sich Greta und Evi. Das sind einheimische Frauen, die sicher nebenbei bedienen. Erwin, ein professioneller Kellner, einheimisch, markiert eine Art Oberkellner. Die Familie hat ihn mitgebracht.

„Ich bin Firmeneigentum", sagt er lachend zu mir. Jetzt erfahre ich, die Familie und er leben eigentlich vom Winterbetrieb am Kronplatz. Diese Tätigkeit möchten sie als Ergänzung in der Sommersaison führen. Wahrscheinlich reichen die Einnahmen des Winters nicht, um über das Jahr zu kommen.

Ich kann mich aber erinnern, auch im Sommer dort reichlich Touristen gesehen zu haben. Das scheint für die zu vielen Restaurants nicht zu reichen. Wir sind wieder bei dem Thema – Halbpension und Marende. Das ist eigentlich schon eine Dreiviertelpension. Kein Mensch im Urlaub kann diese Massen zu sich nehmen. Im Grunde kann ein Gastronom nur mit wirklichen Eigenprodukten und speziellen

Attraktionen in Nischenmärkten glänzen. Touristen sind gelangweilte Gäste in einer Art – Schlafzustand. Tagestouristen hingegen, sind vergleichbar mit aufgezogenen Abenteurern, die an einem Tag, das kennen lernen möchten, wofür die anderen Touristen sich vierzehn Tage – Zeit nehmen.

Einige Touristen betreten außerdem unser Restaurant und täuschen ein Interesse vor. Deren Hauptaufmerksamkeit richtet sich eher auf das Gratisangebot. Wie üblich, werden die Kinder vor geschickt, welche an den Buffets ihre Spuren hinterlassen. Erwin ist fast am Durchdrehen. Ihn beruhigen sie mit geheuchelten Komplimenten. Italienische Landsleute sehe ich nicht einen. Obwohl gerade die, sich zahlreich in Richtung Schnals bewegen. Ich schätze, in Schnals erwarten sie das bessere Angebot. Offensichtlich stehen zu wenig Autos auf dem Parkplatz vorm Haus. Stünden mehr dort, würden auch unsere Italienischen Gäste der Eröffnung eine Neugierde entwickeln.

Die Bar ist gut besucht. Ich täusche mich also nicht an der Gewohnheit meiner Gastgeber. Mir fällt ein Sprichwort ein:

„Appetit hole ich mir auswärts; gegessen wird zu Hause."

Schon am Eröffnungstag spüre ich, Pizza wird reichlich abgefragt. Mit dem Restaurantessen sieht es etwas anders aus. Vor allem, abends. Es scheint hier zu Lande keine Tradition zu sein, abends groß zu

Essen. Vor allem nicht in Arbeiterkreisen. Wie scheint, wird das nur sonntags in Familie wirklich gepflegt. Unter der Woche geben sich meine Gastgeber bescheidener. Bedenken wir den Kalorienbedarf unserer südlichen Gastgeber, besteht gegenüber einem Sachsen schon ein gewaltiger Unterschied. Ich schätze, es sind um die fünfhundert Kalorien, die hier zu Lande weniger gebraucht werden. Hier ist es bedeutend wärmer als in Sachsen. Meine persönliche Umstellung darauf, fällt mir wegen der Bewegung nicht besonders schwer. Komplizierter wird es erst in Ruhepausen oder zwischen den Saisons. Zwischen den Saisons nehme ich regelmäßig zehn bis fünfzehn Kilo zu.

Meine Gastgeber werden abends weniger essen als wir in Sachsen. Zumindest, wenn sie bereits ein Mittagessen zu sich genommen haben. Unsere Handwerker haben das. Sie essen ja teilweise bei uns zu Mittag. Selbst in dieser Ausgabe muss ich mich erheblich bremsen. Ich lege zu viel auf den Teller. Unsere Handwerker verzehren mittags immerhin ein Menü. Salat, eventuell Suppe oder Pasta, Hauptgang und Dessert. Das wiederum könnte ich nicht verzehren zu Mittag. Ich würde sofort müde und müsste mich schlafen legen. Ich weiß jetzt nicht, ob sich damit eventuell die Geschwindigkeit auf Arbeit erklären lässt. Den Eindruck bekomme ich aber bisweilen. Bei meinen Kollegen. Ob das jetzt mit anderen Handwerkern vergleichbar ist, kann ich schlecht beurteilen. Gehe ich nach meinen optischen Erkenntnissen, könnte sich der Eindruck als wahr erweisen. In der Folge wird der grobe, Blutdruck verzehrende Verdauungsvorgang, etwa zwei bis drei Stunden anhalten. Dann ist ja schon auch bald Feierabend. Komisch. Zum Feierabend werden die Handwerker wieder wach. Und das ist genau wie in der DDR. Ein alter Nachbar sagte mir als wir bauten, ich soll den Handwerkern kein Essen anbieten. Erst zum Feierabend. Diesen Tipp habe ich auf mich persönlich angewendet. Was soll ich sagen. Meine Kollegen in der Küche, die gerne zu Mittag aßen, waren regelrecht froh, mich zu haben. Sie konnten deswegen in Ruhe verdauen.

Das Arbeiteressen scheint sich gut zu entwickeln. Abends hingegen, reduziert sich die Nachfrage auf Pizza. Offensichtlich hat Paolo, der Pizziaolo, schon reichlich Gäste animiert, seinen neuen Arbeitsplatz zu besuchen. Neu ist immerhin neu. Ein etwas älterer Betrieb wird hier zu Lande schnell als Dreckstall definiert. Man scheint seine Gewohnheiten zu kennen. Wir haben hier teilweise Wohnungen gesehen, die einem DDRBürger schlicht den Mund trocken legen.

Das Abendessen ist eine Qual für einen Alleinkoch. Alle halbe Stunde wird eine Portion Pommes verlangt. Gelegentlich geht eine Portion Pasta. Und wehe, die dauert zu lange. Ich soll wahrscheinlich Pasta vorgekocht vorhalten. Jeder weiß, die kann ich bestenfalls zwei Tage sehr kühl lagern. Dann verabschiedet sich das Ganze. Damit bestätigt sich für uns, die Eiligen sind die Umweltverschmutzer Nummer Eins. Und nicht nur das. Sie sind auch für den hohen Anteil an vernichteten Lebensmitteln verantwortlich. Wenigstens in der Gastronomie. Ein Essen frisch zu kochen, bedarf nun mal einem Mindestmaß an Zeit. Genau die Zeit, die ein Rohstoff benötigt, um gar zu werden. Köche werden sehr oft mit der Frage konfrontiert, ob sie nichts vorbereitet hätten. Wenn wir den Betrieb nicht kennen oder eine Neueröffnung begehen, ist das recht spekulativ. Entweder wir schwimmen oder wir werfen einen Haufen weg. Und wehe, wir müssen Etwas wegwerfen. In keinem Gerichtssaal ginge es wüster zu als in der Küche. Die Vorwürfe kämen stündlich. Dabei ist der Koch noch ziemlich gutherzig zu seinem Arbeitgeber. Würden wir wegwerfen, wie es das Gesetz vorschreibt, gäbe es gar keine Restaurants. Auch hier ist der Kunde der Treibende. Sagen wir es ehrlich. Habe ich keine Zeit, kann ich kein Restaurant mit Frischküche besuchen. Dann ist wohl eher ein Imbiss die beste Wahl. Leider bekommen wir das selten in die Köpfe unserer Gäste. Wer nicht weiß, wie ein Schnitzel zubereitet wird, kann auch schlecht sagen, wie lange das dauert. Kein Koch leidet an einem Mangel an Routine. Traurig in dem Zusammenhang, sind leider unsere weiblichen Gäste. Gerade von denen erwarten wir doch ein gewisses

Zeitgefühl. Wenn ich mich nicht irre, bekommen die in der Schule Haushaltslehre. Wie ich das politisch bewerte, sei mal dahin gestellt. In der DDR gab es dieses Fach für Alle. Auch für Jungs. Die Mädchen durften auch am Werksunterricht teilnehmen. Egal, wie die sich anstellten. Es kann aber Keiner sagen, die Mädchen hätten sich dümmer angestellt als die Jungen. Kann es sein, das Handy ist heute der wichtigste Unterhaltungspartner im Fach Haushaltslehre? In dem Fall, wundere ich mich auch nicht mehr über den Zustand unseres Treppenhauses. In der Haushaltslehre bekommen die Schüler auch das Fach Sauberkeit gelehrt. Die Jungens lernen das leider beim Militär. Und genau diese Lehre, wird bei einem Söldnerheer gespart. Die Jungs hätten also einen Nachholbedarf an Ausbildung in puncto Reinigung. In der Küchenpraxis sieht das aber anders aus. Entweder wird den Kolleginnen verziehen. Die gewöhnen sich dann an eine gewisse Schlamperei. Oder die Jungs werden härter ran genommen. Ich schätze, Letzteres ist die Grundnorm.
Die Küche ist jedenfalls noch nicht in dem Zustand, wie ich sie gern hätte. Dafür hat sie zu lange gestanden. Ich nehme mir täglich einen Sektor vor für die intensivere Reinigung. Kein Arbeitgeber will uns eine richtige Grundreinigung bezahlen. Also, bekommt er keine. Ähnlich sieht das auch mit den Abschlussreinigungen aus. Im Falle einer Pleite oder

Geschäftsaufgabe, wird die Küche so verlassen, wie sie zuletzt gearbeitet hat. Da putzt Keiner mehr.
In so einer Küche stehe ich heute Abend. Bis zur Eröffnung habe ich auch noch keine Lebensmittelkontrolle bemerkt. Die erwarte ich normal noch vor der Eröffnung. Wer weiß, wie viele Betriebe da noch pünktlich aufschließen würden. Sicher nicht so viele, wie aktuell.
Kurz nach Dienstschluss kommt noch eine Bestellung. Ein Entrecote.
„Die Grillplatte ist abgestellt und geputzt."
„Dann mach es in der Pfanne."
„Die Pommes auch?"
„Du bist der Koch."
„Ja schon. Bis einundzwanzig Uhr."
„Die haben das vorher bestellt."
„Die Überstunde kostet sechzehn Euro. Zahlt das der Gast?"
„Mach hin. Die haben wenig Zeit."
Genau zu diesem Zeitpunkt wünsche ich mir eine Energierechnung, die sich gewaschen hat. Zwanzig Kilowatt für ein Essen.
Ich bin mir in der Branche sehr wohl bewusst, für den Gast alles tun zu wollen, was einen Gastgeber auszeichnet. Das Ganze hat aber Grenzen. Die Grenzen des gewerblichen Tuns. Wir werden für eine Dienstleistung bezahlt, die im Rahmen von Gesetzen statt findet. Die Gesetze gelten sowohl für die Gewerbetreibenden als auch für deren Angestellte.

Wir leben in einer Gesellschaft, die sich selbst diese Regeln aufgebürdet hat. Ich gehe also davon aus, jeder Mensch dieser Gesellschaft ist mit den Gesetzen vertraut und damit, mehr oder weniger zufrieden. Gesetze sind das vorherrschende Diktat der jeweiligen Gesellschaft. Sobald die Gesetze vorliegen, akzeptiert und durchgesetzt werden, sprechen wir von einem gesellschaftlichen Diktat. Von einer Diktatur. Der Koch oder Angestellte lebt aber nicht nur in der gesetzlichen Diktatur sondern auch noch im Diktat seines Arbeitgebers. Doppelte Diktatur. Wäre er noch unglücklich verheiratet, käme die dritte Diktatur dazu. Die seines Hausdrachens. Genau diese drei Diktaturen scheinen sich untereinander schlecht zu verstehen. Ist der Koch zu lange auf Arbeit, wird ihm sein heimischer Diktator gehörig die Leviten lesen. Im Fall von Kindern im Haushalt, steigert das noch die nervliche Belastung. Eigentlich stehen jetzt die drei Diktatoren im Wettstreit darum, wer für den Sklave der angenehmste Diktator ist. Und dafür scheinen die Damen im Fall von Köchen, irgendwie die besseren Waffen zu haben. Wehe, der Gesetzgeber, der Unternehmer und der Hausdrachen sind weiblich. In dem Fall, hilft wirklich nur ein nächtlicher Unfall oder reichlich Alkohol.
Beim Verlassen des Hauses fällt mir gerade dieser Zusammenhang auf. Die Theke unseres Restaurants ist voll belegt. Vielleicht auch wegen Elena. Elena hat ihr Geschirr gut ausgelegt in einem zu kleinen

Brusthalter. Mit dieser Auslage, kann man bisweilen auch die Gläser halbvoll befüllen. Einem Gastwirt oder Baristen, würde das so nicht gelingen. Sie grüßt auffällig laut beim Abschied. Alle, vor dem Tresen, drehen sich um. Sie wollen den neuen Koch sehen. Schließlich muss die örtliche Nachrichtenagentur arbeiten. Morgen weiß das schon der Friseur und auch der Kollege.

Auf dem Parkplatz vor dem Haus sammelt sich die Jugend. Disco ist angesagt. Selbst die Gemeindepolizei ist zugegen. Man grüßt freundlich. „Ah. Der neue Koch."

Für mein Motorrad muss ich mir einen anderen Platz suchen. Wir haben ja eigentlich eine Tiefgarage. Der Hof hinter dem Haus wäre auch passend. Mir ist das bei der Jugend etwas zu gefährlich. Ich kenne den Südtiroler Überschwang. Der verleitet mitunter zu tollkühnen Taten. Und wem soll ich die sonst zutrauen als jungen Leuten? Hierzulande gibt es reichlich Erwachsene, die das den Jungen vorführen.

Auf der kurzen Heimfahrt begegne ich reichlich jungen Leuten im Auto. Die neu eröffnete Disco scheint der Renner zu werden. Die Lage ist auch außerordentlich günstig. Kein Anwohner wird gestört. Die Wege sind kurz. In der DDR würde vielleicht ein kleiner Pendelverkehr eingerichtet. Aber das kommt hier sicher auch.

Joana freut sich bei meiner Ankunft. Obwohl ein wirkliches Treffen zwischen uns, nahezu unmöglich

ist. Gastronomie. Dafür gibt es keine Entschädigung.
Wir haben aber Gott sei Dank, reichlich Stellen für
heimliche Gebete. In Einsamkeit. Viele dieser Stellen
sind auch mit Spendenbüchsen gesegnet. Für wen?
Der erste Tag treibt mich schnell ins Bett. Die kurze
Dusche muss reichen. Joana legt mir schon meine
neue Arbeitskleidung zurecht.
„Hast du schon über den Lohn verhandelt?"
„Ja. Es gibt über Zweitausend."
„Das sind ja fünf Euro Fünfzig die Stunde. Das ist dein
Rekord."
„Netto!"
„Jaja."
„Das sind 20 Cent mehr Stundenlohn als in der DDR.
Immerhin."
„Aber, in der DDR bist du nach der Arbeit, Tischtennis
spielen gegangen."
„Das können wir gern noch tun jetzt."
„Ich muss in fünf Stunden raus."
„Dann; Gute Nacht."
Am Morgen frühstücken wir zusammen. Danach kann
ich mich noch eine Stunde hin legen. Zum Einschlafen
lege ich mir einen Film ein. Mir geht zu viel durch den
Kopf.
Um diese Zeit hat Joana normal das Glück, auf wenig
Verkehr zu treffen. Heute könnte das etwas anders
sein. An Wochenenden beginnt der Rückreiseverkehr
recht zeitig. Natürlich kostenfrei über die Vinschger
Straße und den Reschen. Dafür stehen wir auch gern

im Stau und riskieren einen Unfall. Für was zahlen wir Versicherung?

Zu der Zeit, zu der ich fahre, steht bereits das gesamte Vinschgau im Stau. In alle zwei Richtungen. Ich überlege, ob der Weg durch die Obstplantagen günstiger wäre. Ich bin aber sicher nicht der Einzige, dem dieser Gedanke kommt. Ich versuche es auf der Hauptstraße. Mit dem Motorrad wird mir das schon gelingen.

An der Hauptstraße angekommen, sehe ich schon die ersten Frühstücksbeutel an unseren Straßenrändern liegen. Bei dem Anblick frage ich mich oft, ob es nicht günstiger wäre, den Leuten einfach ein Päckchen Kekse mit zu geben. Der Rest liegt eh am Straßenrand. Schade. Bei dem Verkehr trauen sich nicht mal unsere Köter an die Beutel. Die jedenfalls, scheinen zu wissen: Für ein billiges Essen riskiere ich nicht mein Leben. Durch den Tunnel kann ich heute nicht fahren. Ich versuche den Umweg durch Naturns. Oft geht mir durch den Kopf, wie hier früher der Verkehr stand. Kein Anwohner traute sich über die Straße. Es gab viele Verletzte und Tote. Heute steht in dem Ort auch Alles. Das gleiche Bild trotz Umgehung. Ich muss ankommen. Was bleibt mir übrig? Ich nutze den Fußweg. In allen Straßen und Seitengassen stehen Autos. Die Mehrzahl mit ausländischem Kennzeichen. Zum Glück ist heute Samstag. Samstags ist das Mittagsgeschäft nicht so hart wie sonntags.

Ich stelle mir gerade vor, in einem Haus brennt es. Die Feuerwehr käme nicht einen Schritt vorwärts. Das ist kein Zustand. Das ist eine Katastrophe. Wann wird endlich eine Maut für den Transit verlangt? Die Leute müssen weg von dieser Straße. Zu einer touristischen Erschließung gehört ein Gesamtkonzept. In kapitalistischen Ländern gibt es das nicht. Der Markt regelt Alles, sagt man entschuldigend. Ich sehe keinen Markt. Und schon gar keine Regeln, die eingehalten werden. Anarchie und Bußgeld. Gehirn? Fehlanzeige.
Der Parkplatz vorm Restaurant ist ziemlich belegt. Die Türen sind alle verschlossen. Ich fahre an die Hinterseite. Walter ist schon wieder beim Aufräumen. Der Hof steht voller Flaschen und Dosen.
„Die Jugend bringt sich Alles von zu Hause mit", stöhnt er.
„Bei den Preisen, verstehe ich das."
Wir schauen gerade auf die Werbung für einen Drink. 9,90 Euro.
„Eine Runde unter Freunden kostet einen Monatsgehalt."
Walter lacht.
„Für die Miete braucht es vierhundert von denen", füge ich hinzu. Walter scheint das Lachen nicht zu vergehen.
„So ein Haus ist teuer."
Das kann ich nicht beurteilen. Wir haben hier kein Haus in der Größe.

„Der Unterhalt sind Kosten. Kannst du die nicht absetzen?"

Er kann es sicher. Ich will jetzt nicht mit ihm darüber diskutieren.

„Ich muss das Essen vorbereiten."

„Was kochst du heute?"

„Ich habe noch ein paar Koteletts."

„Dann komme ich auch mal schauen."

Ich bin mir sicher, er kommt nicht. Irgendwie scheint das Verhältnis zwischen Hannes und ihm etwas angespannt. Ich kenne den Grund nicht. Wie ich unsere Gastgeber kenne, kann es sich nur um Geld handeln. Vielleicht ist Hannes im Rückstand. Und das, am Eröffnungswochenende.

Das Mittag hält sich in Grenzen. Dafür lerne ich neue Mitarbeiter kennen. Irgendwie kennt man sich im Zusammenhang mit anderen Tätigkeiten. Jetzt bin ich wahrscheinlich ein Angestellter in einem Mischunternehmen. Schaden kann das nicht, denke ich mir.

Am Abend wird es bei uns belebter. Disco ist heute keine. Gabriel sagt mir, er plane eine Veranstaltung mehr pro Woche. Damit würde er die Disco rentabel machen. Es braucht noch Genehmigungen. Ausgerechnet im Bereich Jugendarbeit, werden die meisten Genehmigungen verlangt. Und das bei sich jährlich ändernden Gesetzen. Wie soll ein Betrieb diese Anforderungen bedienen? Man will keine Jugendarbeit ohne Kreuzchen im Hintergrund. Ein

Schützengraben scheint den Verantwortlichen der richtige Platz für die Jugend zu sein. Mir scheint, in der DDR war es bedeutend leichter, der Jugend eine anständige Freizeitgestaltung zu ermöglichen. Leider haben unsere Besatzer die Unterlagen in Bunkern archiviert. Die Hintern der falschen Bürokraten kleben darauf. Eine manche Gemeinde könnte viel lernen. Vor allem, unsere Südtiroler Gemeinden. Wer so Etwas achtlos in die Hände von Kreuzchenschwingern gibt, dem liegt nicht wirklich etwas an der eigenen Jugend. In erster Linie ist Jugend ein soziales Projekt. Abends begrüßen wir die ersten Familien. Die Gemütlichkeit zieht ein. Bisweilen kommt Erwin in die Küche mit einem Bier für mich.

„Das haben Dir die Gäste ausgegeben.“

„Trink du es. Ich kann leider kein Bier trinken.“

„Ich sag es den Gästen in Zukunft.“

„Ich trinke Kaffee.“

„Ich weiß. Recht viel, wie mir scheint.“

„Das brauch ich auch.“

„Verstehe.“

Erwin muss nur abends arbeiten. Er fängt trotzdem schon zu Mittag an. Verglichen mit meiner Arbeitszeit, könnte ich das schon fast als Urlaub bezeichnen. Wobei ich sagen muss, mit den Gästen heutzutage, ist das eher mit einer Tätigkeit in einem Kindergarten vergleichbar. Ich schätze, im Kindergarten befinden wir uns trotzdem schon auf einem höheren Niveau.

Die Gastronomie ist der Kindergarten der angeblich Erwachsenen. Bisweilen entsteht sogar der Eindruck, wir würden in einer Behindertenanstalt arbeiten. Kein Psychologe verfügt über die Kenntnisse, über die ein Gastronom verfügt. Selbst bei der Behandlung diverser Charakterschwächen, zeichnen sich Gastronomen als bedeutend konsequenter aus. Im Volksmund wird das oft als Durchblick bezeichnet. Vielleicht ist es auch die praktische Geradlinigkeit, die Gastronomen auszeichnet. Nicht alle. Aber, sehr viele. Ich komme sehr spät aus dem Betrieb. Joana schläft sicher schon fest. Meine Küche ist sehr groß. Die allein zu reinigen, benötigt schon seine Zeit. Jetzt denken vielleicht Leser, wo wir nicht arbeiten, muss auch nicht geputzt werden. Das ist im Fall von Küchen leider ein Irrtum. In der Küche sind der Dampf, das Fett und der Staub die Transportmedien für den Schmutz. Nicht die Zeitung und das Fernsehen. Hausfrauen mit einem Sinn für Reinlichkeit, wissen wovon ich rede. Auch die Kontrolleure von Hygienevorschriften. Und die finden jedes Ritzchen. Wobei sich da etwas anfügen lässt. Kämen die Frauen der Kontrolleure zu uns ohne Unterwäsche, würden wir ihnen vielleicht allein verraten, wo unsere Schwächen zu finden sind.
Genug geträumt. Ich fahre nach Hause. Es ist fast Zwölf. Paolo steht immer noch an seinem Ofen.
„Jetzt ist aber Schluss", hat er gesagt.
„Bis morgen. Tschüss."

Joana schläft tatsächlich fest. Trotzdem hört sie mich und mein Motorrad. Ich schleiche ins Zimmer und sie spielt, fester Schlaf. Den hellen aber sanften Schnarchton vermisse ich um diese Zeit.
„Du bist aber spät heute.“
„Typischer Samstag.“
„Gab es viel zu tun?“
„Ich schätze, zu wenig für den Betrieb.“
„Wie viel Essen hast du denn gekocht?“
„Keine fünfzig.“
„Ihr habt aber auch Pizza.“
„Paolo arbeitet noch.“
„Gute Nacht.“
Es gibt ein Küsschen und einen leichten Klaps auf den nackten Hintern. Das Verlangen, das entzückende Teil zu Kneten, muss auf den Ruhetag verschoben werden.
Der Sonntag beginnt bei uns wie jeder Sonntag. Joana steht zuerst auf und weckt mich mit der Kaffeemaschine. Das Sprudeln des kochenden Wassers über dem Kaffeefilter verleiht der Luft auch den typischen Kaffeegeruch. Keine Kochnase kann dem widerstehen. Mir scheint manches Mal, der Duft trägt in sich schon das Koffein, welches wir zum Aufstehen benötigen.
Sonntagmorgen geht mir immer ein Gedanke durch den Kopf.
„Du hast wieder zwei Wochen Arbeit geschafft.“
In einer Woche.

Auf dem Arbeitsweg begegnet mir niemand. Niemand ist gut gesagt. Radfahrer. Die brechen früh auf. Wie wir. Gelegentlich begegnen mir auch Radfahrer im Auto. Dem Nummernschild und der Richtung nach, fahren die nach Hause. Kostenlos. Über das Naturschutzgebiet Reschen. Dort herrscht meistens der Wind, der den Naturschutz nach Norditalien verfrachtet. Über die kann man dann lästern. Wehe es ist Südwind.

„Die Walschen schicken uns wieder ihren Schmutz", dröhnt es dann aus allen Lautsprechern. Bei uns dürfen wir dann nur noch mit dem Fahrrad in die Stadt. Die Walschen dürfen nur an einem Tag des Wochenendes mit dem Auto fahren.

„Das haben die sich auch verdient", ballert der Lautsprecher hinter her. Wieso geben die den Deutschen überhaupt Betten und Nahrung in ihrem „Dreckstall"?

Ich bin kaum auf dem Platz vor dem Restaurant, passiert eine Schlange Autos mit Campinganhängern und dem gesamten Garageninhalt unseren Parkplatz. Mir scheint, die Schlange möchte kein Ende nehmen. Die Scheibe eines Autos senkt sich. Eine Tüte kommt geflogen. Fast trifft die mich. Auf dem Bitumen platzt sie. Man könnte fast denken, vor mir liegt der Darminhalt eines Kamels. Der wäre mir lieber. Der eignet sich wenigstens für den Gartenbau.

In den meisten Autos der Schlange sitzen Frauen auf der Beifahrerseite. Die sorgen wenigstens für

Ordnung im Auto. Naja. Bis auf den überdimensionierten Farbkasten vielleicht.
Heute ist die Tür offen. Im Büro brennt Licht. Ich sehe Hannes aufgeregt telefonieren. Gabriel steht bei ihm. Ohne Engelsflügel.
Kaum bin ich im Vorraum des Restaurants, geht die Bürotür auf. Gabriel schaut traurig.
„Das war unsere erste und einzige Disco."
„Was ist passiert?"
„Walter möchte sein Geld."
„Hast du nicht bezahlt?"
„Ich schon."
Mir fährt ein Schreck durch die Beine. In der Küche brennt auch schon Licht. Die ganze Familie von Hannes ist da. Simon, der Sohn von Hannes, richtet Getränke für die Bar. Melanie, die Tochter, hilft ihm dabei. Elena hat ihr Barkleid an und eine Schürze darüber gezogen. Erwin ist beim Gläser polieren. Die Tische sind schon gedeckt. Ich komme mir vor, als wäre ich zu spät auf Arbeit gekommen.
Als Tagesgericht habe ich einen Rostbraten vorgesehen. Den schiebe ich als Ganzes. Rosa. Hier wird er gern in sehr dünnen Scheiben serviert. Mit einer guten Bratensauce.
Paolo kommt. Er setzt den Teigkneter an mit frischem Pizzateig.
Der Sonntag beginnt auf Hochtouren.
Das Mittagsgeschäft läuft sehr gut. Wir bekommen reichlich Gäste. Auch Fremde, die auf Durchreise sind.

Es sind Deutsche dabei und sogar Landsleute aus
dem Süden.
Paolo kommt hastig in die Küche gestürmt. Er
benötigt Zutaten für den Pizzabelag. Gleichzeitig setzt
er die Teigmaschine an. Er scheint zu schwimmen. Bei
mir hält sich das in Grenzen.
Im Gastraum sind reichlich Kindergeräusche zu hören.
Hannes kommt mit zwei Kleinen in die Küche. Wie ich
das mit bekomme, sind das die Kinder von Freunden
oder Nachbarn.
Der Tag läuft gut bisher. Die Kasse scheint zu klingeln.
Schon am dritten Tag. Wenn das so weiter geht, sehe
ich eine hoffnungsvolle Zukunft.
Die Mittagspause fällt aus - heute. Ich habe noch zwei
große Blechkuchen gebacken. Auch drei Strudel. Wir
spekulieren auf ein Kaffeegeschäft. Das hat sich aber
als Flop erwiesen. Die Familie und die Kollegen
streiten sich um die Backwaren. Vier Stück ins Büro.
Drei Stück an die Bar. Greti, Eva und Erwin verkosten
den Kuchen in der Küche.
Das Abendgeschäft beginnt fast nahtlos. Man könnte
den Eindruck bekommen, unsere Gäste wären sitzen
geblieben. Ich höre die gleichen Laute und Stimmen,
wie zum Mittagstisch. Bis auf ein paar Schnitzel,
bekomme ich kaum Arbeit. Paolo hingegen, hat
Hochbetrieb. Im Gastraum und an der Bar stehen
Gäste, die ihre Pizza mit nach Hause nehmen
möchten. Sie verlassen das Haus mit Stapeln an
Kartons, in denen sich die Pizzen befinden.

Ich soll ihm wieder Belag für die Pizza nach
schneiden. Paolo lacht. Er freut sich über das
Geschäft. In unserem Beruf sehe ich selten Gesichter,
die sich so über die Arbeit freuen wie Paolo. Er wirkt
wie aufgezogen. Zwischendurch lädt er eine Pizza bei
mir in der Küche ab.
„Das ist eine falsche Bestellung. Nimm sie deiner Frau
mit nach Hause.“
'Jetzt balzt der schon indirekt mit meiner Frau', denke
ich. Kein Wunder, dass Pizzaioli unter Frauen so
beliebt sind.
„Ich habe sie extra scharf gemacht“, trällert er dazu,
kneift das Auge und formt mit dem Zeigefinger und
dem Daumen ein O.
Der Abend bricht wie auf Signal, plötzlich ab. Als hätte
ein Polizist die Polizeistunde ausgerufen. Nur am
Tresen sitzen noch ein paar Gäste. Unsere
Stammgäste. Ein paar Bauern und Handwerker aus
der Nachbarschaft.
Hannes kommt mit Elena in die Küche. Er drückt mir
zwei Hunderter in die Hand.
„Das ist unser letzter Tag, Karl.“
Ich bin schockiert.
„War mein Essen nicht gut genug?“
„Doch. Wir schließen.“
Er drückt mir noch eine Flasche Wein in die Hand.
„Gute Nacht.“
„Soll ich dir eine Empfehlung schreiben“, fragt Elena.
„Viel wird das nicht bringen bei dem kurzen Auftritt.“

„Man weiß nie", sagt sie lachend.
„Ich hänge sie an deine Lohnunterlagen."
„Danke."
Wieso sage ich Danke? Für was? Das ist mir
wahrscheinlich so raus gerutscht. Ich plappere zu viel,
wenn ich aufgeregt bin. Und nach der Mitteilung, bin
ich etwas aufgeregt. Ich muss mir etwas Zeit lassen,
bevor ich das Motorrad besteige. Zwei Zigaretten
vorm Haus werden mich beruhigen.
Kaum stehe ich vor der Tür, kommen mir unsere
Polizisten entgegen. Wir schwätzen etwas. Komisch.
Sie wissen von unserem letzten Arbeitstag. Die wird
doch nicht etwa Walter bestellt haben?
„Hannes schuldet Walter Geld. Der Betrieb wird
geschlossen."
Noch an diesem Abend, schreibe ich wieder dutzende
Bewerbungen. Ich habe mir alle Betriebe, bei denen
ich mich bereits bewarb, mit Emailadresse und
Telefonnummer hinterlegt. Mittlerweile sind das
hunderte. In den neuen Anzeigen wird oft nur noch
eine Telefonnummer angegeben. Dort rufe ich direkt
an, um heraus zu bekommen, mit wem ich rede.
Selbst das gelingt nur mit dem Einsatz von mehreren
Minuten Gesprächszeit. Die Leute, die eine Arbeit
suchen, sind sicher keine reichen Leute. Und wir
spüren, selbst dort wird mit unserem schwer
verdienten Geld umgegangen, als wäre es nicht
unseres. Die Gespräche zahlen wir von unserem
schwer verdienten Geld. Auch die Fahrten zu den

Vorstellungsterminen. Ihr bezahlt die uns nicht! Auch nicht das Land. Irgendwie entsteht der Eindruck, mit einer Verschwörung konfrontiert zu sein. Die Ansprechpartner möchten uns irgendwie dazu bringen, uns selbst unsere Arbeit zu bezahlen. Anders kann ich mir das nicht erklären. Nur, mit deren Maserati die Uferstraße in Bozen auf und ab fahren, gestatten die uns nicht.

Natürlich versende ich meine Bewerbungen wieder landesweit. Hunger und finanzielle Verpflichtungen, zwingen mich zu dem Vorgehen. Kurz nach dem Absenden der Emails klingelt mein Telefon.

„Wie oft wollen sie sich noch bei uns bewerben?"

„So oft, wie sie Suchanzeigen aufgeben."

„Sie haben sich in diesem Monat schon drei Mal bei uns beworben."

„Könnte es sein, sie haben in diesem Monat drei Mal einen Koch gesucht?"

„Nein. Unsere Anzeige läuft nur ein paar Wochen."

„Ich habe aber keine Anzeige gesehen, in der steht, sie haben einen Koch gefunden. Mit wem rede ich denn?"

Bis jetzt hat mein Anrufer sich weder vorgestellt noch den Namen seiner Firma gesagt. Die Rufnummer ist unterdrückt.

„Ja, hier ist Hotel Fgplomas."

„Von wo aus rufen sie denn an. Ich verstehe den Namen nicht."

Wir haben schon zehn Minuten Gespräch hinter uns.
Mit einem Handy geführt von der Gegenseite. Das
kostet mich auch Geld. Mein Portemonnaie scheint
einen Magnet zu haben. Langsam bekomme ich den
Eindruck, mein Gesprächspartner ist strotz besoffen.
„Mit wem rede ich bitte?"
Eine Frau hat das Gespräch übernommen.
„Sie bewerben sich schon das dritte Mal bei uns in
diesem Monat."
„Kann es sein, ich lese ihre Anzeige schon das dritte
Mal in diesem Monat?"
Der Zirkus beginnt von Vorne.
„Wir haben einen Koch gefunden."
„In ihrer Anzeige kann ich das nicht finden. Mit wem
spreche ich?"
„Hier ist das Hotel Pluga in Bozen."
„Ihre Anzeige sehe ich in fünf Portalen. Da müssen sie
sich bei mir nicht beklagen über meine Bewerbung."
Die speichern sich nicht mal die Daten der
Bewerbung. Wenn ich das nächste Mal suchen
müsste, würde ich mir doch wenigstens die Ausgaben
für eine Annonce sparen. Zuerst würde ich jene
Adressen anschreiben, die sich bei mir schon
beworben haben. Ganz anonym. Außer ein paar
Köchen, würde das Keiner merken. Auch kein
Konkurrent.
Das Pluga habe ich also in meinem Adressbuch. Ich
schaue kurz nach, ob ich von Denen schon die
Telefonnummer habe. Ich habe sie. Ich rufe mit einem

anderen Telefon an und bemerke, besetzt. Also, die richtige Nummer. Wer dachte als junger Koch, eine Bewerbung würde sich fast wie eine Ermittlung gestalten?
„Was wollen sie denn verdienen?"
Ich soll Denen sagen, was sie für einen Koch bezahlen können oder wollen? Dümmer geht nimmer.
„Was können sie denn für einen Koch zahlen?"
Wir sind bereits bei zwanzig Minuten Gesprächszeit. Ich stelle mir gerade vor, jede Bewerbung würde diese Zeit in Anspruch nehmen. Das allein wäre ein Vollzeitjob. Natürlich zu meinen Lasten.
„Ich muss erst sehen, was sie können."
„Wenn sie schon einen Koch haben, können sie schlecht nachsehen, was ich kann."
Die Logik scheint Keinen zu überzeugen. Meine Südtiroler Kollegen hätten den Hörer wahrscheinlich schon aufgelegt. Diese Latscherei geht denen ungemein auf den Geist. So, wie ich sie kenne. Die Not lässt mich ausharren und geduldig zuhören.
„Kommen sie doch morgen zu einem Vorstellungsgespräch."
„Sie haben doch einen Koch. Ist das notwendig? Die Fahrt kostet mich Geld. Ich habe keins."
Ich rede noch nicht von der reinen Unfallgefahr. In Bozen ist die sicher nicht zu verachten.
„Bis morgen! Kommen sie gegen zehn Uhr."
Ich suche natürlich als Erstes auf der Karte, wo sich dieses Hotel befindet. Der Weg wäre erträglich. Zehn

Uhr? Bis etwas nach Neun, ist in Bozen die Hölle los.
Der Werksverkehr überschneidet sich erheblich vom
frühen Konsumverkehr.
Kurz nach dem Abschied, darf ich verblüfft eine
Feststellung registrieren. Offensichtlich ist diese Zeit,
die beste Zeit für Bewerbungen. Also, weit nach Zehn,
abends.
Die ersten Emails kommen zurück. Auch wieder ein
Anruf. Wahrscheinlich lässt der Mangel an Köchen die
Wirte nicht ruhen.
„Wir suchen einen Koch. Ich bin Leo aus Morter."
„Sind sie ein Hotel?"
„Ja. Das Hotel Almer."
„Ich komme früh vorbei."
„Am besten, zur Frühstückszeit."
„Gut. Ich komme gegen acht?"
„Besser ist, gegen Neun."
Wegen diesem Treffen schaffe ich natürlich Bozen
nicht. Ich schreibe eine Email.
„Ich komme etwas später."
Jetzt brauche ich Ruhe. Joana schläft zum Glück
wieder. Ich schleiche ins Bett. Es ist weit nach ein Uhr.
Am Morgen nehme ich meine Unterlagen mit und
sicherheitshalber, ein kleines Messer und einen Stein.
Ich weiß nicht mehr genau, ob der Anruf von Leo ein
Hilferuf war.
Die Fahrt um diese Zeit in diese Richtung ist recht
gemütlich. Auf der Gegenseite staut es schon. Bei
dem Anblick frage ich mich immer wieder, warum der

internationale Lastverkehr ausgerechnet zum
Werksverkehr durch den Vinschgau muss. Grausam,
was den Arbeitern hier angetan wird. Das ist eine
Dauerfolter schlimmsten Ausmaßes.
Kaum bin ich in Vetzan, kann ich endlich abfahren.
Hier staut es nicht. Obwohl sich der Verkehr in meine
Richtung verdichtet.
Kaum stehe ich vor dem schönen Hotel, das sich
mitten in der Apfelplantage befindet, empfängt mich
schon Leo. Das Hotel scheint gut zu laufen. Leo steigt
gerade aus einem recht beachtlichen Benz. Agnes
sehe ich durch das Küchenfenster. Sie winkt mir zu.
Das kurze Gespräch findet in der Bar bei Kaffee und
einem frischen Brötchen statt. Kaum reden wir
zusammen fünf Minuten, kommen schon die ersten
Neugierigen. Deutsche Gäste, die mit einem Bus
angereist waren.
„Das ist unser Hauptgeschäft", trällert Leo recht
vergnügt.
„Wir benötigen einen Koch, der das beherrscht."
Offensichtlich hat Leo meine Unterlagen gut
verstanden. Das berüchtigte Stoßgeschäft ist
praktisch meine Leidenschaft. Ich verliere eben nicht
die Nerven. Manchmal schon. Vor allem, wenn ich es
mit extremer Dummheit oder Faulheit zu tun habe.
Das ist in unserem Gewerbe keine Seltenheit. Es gibt
viele Kollegen, die ihre Arbeit gern auf andere
Kollegen abwälzen. In den Kreisen wird einfach etwas
langsamer gelaufen und sehr selten das Gehirn

benutzt. Eigentlich sind das Kollegen, die in
Beamtenstuben besser aufgehoben wären. Unser
Beruf wird eben größtenteils mit den Beinen, Händen
und Kopf ausgeübt. Das nennt sich Handwerk.
Die Küche – was soll ich sagen, ist älter als alt.
Ziemlich ungepflegt zu dem. Kein Wunder. Die Zwei
stehen von Früh bis in die Nacht in diesem Bau.
Unterbrochen wird ihre Tätigkeit am Gast nur von
Einkauf und Abrechnungen. Und wie wir unsere Gäste
kennen, lassen die uns keine fünf Minuten allein.
Keine Frage ist zu dusslig, um nicht gestellt zu
werden.
Die aktuelle Belästigung will wissen, wo hier der
nächste Geldautomat ist. Leo überlegt. Agnes weiß
die Antwort und hilft.
„Knappe zwei Kilometer in Richtung Ortsmitte.“
Offensichtlich ist das schon zu weit. Das Gesicht der
Dame lässt das vermuten.
„Ich fahre in zehn Minuten einkaufen. Sie können
mitfahren“, sagt Agnes.
"Ich dachte, die fahren zum Wanderurlaub", sagt
Agnes zu uns. Wir lachen.
Es wird nicht lange dauern und ihr Auto sitzt voller
Passagierinnen. Einkauf ist eine Art Wecksignal in
weiblichen Ohren. Keine überhört das. Auch nicht
durch meterdicke Mauern. Agnes wird ganz sicher für
etwas längere Zeit weg bleiben, denke ich mir.
„Kannst du gleich anfangen?“
„Ja. Ich muss nur Joana anrufen.“

„Uns ist der Koch samt Beikoch weg geblieben.“
Also doch. Eine Notsituation. Aber die Entschuldigung
hörte ich schon ziemlich oft. Die hat sich im
Nachhinein oft als Lüge heraus gestellt. Man wollte
mit mir einen erstrittenen Urlaub überbrücken.
„Die Köche sind nicht zufällig im Urlaub?“
Leo lacht.
„Ganz sicher nicht. Der arbeitet jetzt in einem
Konkurrenzbetrieb.“
„Also, wurde er abgeworben.“
„Ja.“
„Sehr viele Freunde scheinen sie nicht zu haben unter
ihren Kollegen.“
Leo beantwortet das nicht.
„Die Gäste bekommen heute ein Menü. Drei Gänge
und einen Salatteller.“
Endlich mal ein Salatteller, denke ich mir. Leo hat das
schon begriffen, wie sich billig - reisende, deutsche
Gäste an Buffets schadlos halten. Würden wir das
Buffet nicht farblich markieren, wären selbst die
Tischplatten und das Geschirr in Gefahr. Ich weiß
nicht, mit welchen Taschen die unterwegs sind. Klein
sind die sicher nicht.
Bei Agnes bemerke ich noch eine Überraschung. Sie
legt selbst das Frühstück auf einen Teller pro Person.
Portioniert. Die Brötchen werden in einem Körbchen
angeboten. Ein Bäckerbrötchen, vor allem ein
Vinschgerle, kostet hier immerhin den Preis von zwei
Ein – Kilo - Broten der DDR. Deswegen werden wir

hier auch etwas schneller satt. Es sei denn, das kostet nichts.

Unseren Gästen ist das egal. Die essen nach ihren Gewohnheiten. Und die werden von Aldi und Lidl, zu Hause, bestens bedient.

Die Einstellung ist an sich gar nicht verkehrt. Unsere leider zu zahlreichen Restaurants wollen auch Etwas verkaufen. Und wie wir die Busunternehmen kennen, legen die eh reichlich Pausen ein.

Ich gehe also gleich an die Arbeit. Das Menü ist einfach. Das Knödelbrot steht schon bereit. Agnes hat sogar schon die Salatteller fast fertig.

„Die lege ich noch fertig. Möchtest du Etwas trinken?"

„Kaffee, wenn es recht ist. Einen Liter."

Leo muss lachen.

„Wie ich."

Wir servieren eine Cremesuppe, Rinderbraten - Knödel und einen Strudel.

Der Strudel muss noch schnell gerollt werden. Die Zutaten für einen Mürbteig sind im Haus. Der Wareneinsatz sollte vier Euro nicht groß überschreiten. Also stelle ich den Mürbteig mit gesund - gelobtem Öl her. In deutschen Artikeln über Gesundheit wird unsere Butter so und so als giftig beschrieben. Wir wollen unsere Gäste an unseren Tischen doch keinem Herzschlag aussetzen. Die folgenden Klagen nach deutschem Recht, wären unser Untergang.

Immerhin wird in deutschen Gerichten entschieden, wer auf dem Garda wen versenken darf und wer nicht.

Wir kochen also nach deren einfältigem Recht und lassen sie das essen, was sie zu Hause sogar noch schlechter bekommen. Dafür importieren wir extra deren drei Mal gewaschenes Gammelfleisch.

Beim Auspacken des Rindfleisches fällt mir die außerordentliche Festigkeit dieses Produktes auf.

„Das bekommen wir heute nicht mehr gar als Rinderbraten.“

„Dann kochen wir eben ein Gulasch“, sagt Leo.

„Als Gulasch bräuchten wir dafür auch drei Stunden. Wir kochen das als geschmortes Schnitzel.“

„Gut.“

„Sollen wir Zwiebelrostbraten schreiben?“

„Passt.“

Gegen Mittag kommen die ersten Gäste und fragen uns nach einem Mittagessen. Die sind im Hotel geblieben, während die Anderen mit dem Bus ins Martelltal gefahren sind.

„Wir sind kein Restaurant“, antwortet Leo.

„Bei uns bekommen sie Übernachtung mit Halbpension.“

„Wo ist das nächste Restaurant?“

„Im Ort. Sie müssen fünfhundert Meter laufen.“

Kaum haben uns die Drei verlassen, stehen die nächsten Zwei in der Tür.

„Haben sie ein Hausprospekt?“

„Das liegt vorn auf dem kleinen Tisch am Eingang.“
Wir haben fünf Minuten für unsere Arbeit. Die Tür
öffnet sich. Zwei Mädchen und ein Junge stehen in der
Tür. Die Mädchen haben das Telefon in der Hand und
stieren auf den Bildschirm. Die größte fragt -
„Wo können wir heute Abend tanzen gehen?“
„Am Montag ist das schwer möglich bei uns.“
Die Blicke werden finsterer. Ein Mädchen hebt fast
drohend den Blick vom Handy. Was denken die
jungen Leute, wo sie sind?
„Im Nachbarort ist eine Musikbar.“
„Sonst nichts?“, ist die Gefühl lose Antwort.
„Nein. Wir haben im Nachbargebäude einen
Fernsehraum mit einer Musikanlage. Dort können sie
tanzen. Unsere Gäste veranstalten dort ihre Partys.“
Die Drei schauen sich an. Sie sehen nicht so aus, als
könnten die sich selbst unterhalten. Sie ziehen still
schweigend ab.
Jetzt glauben wir tatsächlich, unsere Ruhe zu haben.
Leo schaut mir interessiert zu und will helfen. Ich
setze ihm den Knödelteig an und zeige ihm wie ich die
mit dem Löffel absteche und forme.
„Nocken. Die sehen gut aus.“
„Und sie gehen schnell.“
Leo stellt sich ganz patent an. Es geht wirklich schnell
bei ihm.
„Morgen kommt ein junges Mädchen aus dem
Nachbarort. Ein Lehrling. Sie kommt drei Tage die
Woche.“

„Ist sie eine Hilfe oder eher eine Last?"
Für einen Alleinkoch ist die Frage berechtigt.
Ausbildung kostet Zeit.
„In den anderen Betrieben wurde sie gekündigt. Sie
hat zu oft unentschuldigt gefehlt. Sie ist im dritten
Lehrjahr."
„Dann wäre sie eigentlich schon ein Koch. Lass uns
das probieren."
Wegen des Mittagessens, sage ich zu Leo, wir
könnten die Nachfrage eventuell im Rahmen unseres
Personalessens bedienen.
„Wenn du das schaffst, dann machen wir das."
„Lass das die Gäste einfach zum Frühstück bestellen.
Sie bekommen damit frisches Essen und wir kochen
nicht zu viel."
„Das machen wir ab morgen."
„Hast du für mich ein Personalzimmer?"
„Natürlich."
„Ich möchte zur Mittagspause etwas ausruhen."
Leo führt mich in ein Zimmer. Ein Hotelzimmer, das
nicht mehr genutzt wird. Ein Teil der Decke hat sich
gelöst. Auch Tapeten von der Seitenwand.
„Hier regnet es herein. Das Dach darüber ist nicht
ganz dicht. Wir wollen das bauen. Reicht dir das, bis
wir ein anderes Zimmer haben?"
„Ich denke, für zwei Stunden Ruhe geht das."
Am ersten Tag gleich mit Forderungen aufwarten, ist
eigentlich nicht meine Gewohnheit. Zu oft hat sich das
als Nachteil heraus gestellt. Leo und Agnes machen

nicht den Eindruck, mich über den Tisch ziehen zu
wollen.
„Wie viele Kollegen essen bei uns zu Mittag?"
„Zwei Zimmermädchen, ein Hausmann, ich und du."
„Das ist recht übersichtlich."
„Manchmal kommen die Eltern von Agnes mit dazu.
Die geben uns aber Bescheid."
„Aha."
Wie üblich, warte ich etwas ab, bis die einzelnen
Mitesser kommen. In einigen Betrieben hat sich das
so weit entwickelt, dass wir das locker als Restaurant
bezeichnen könnten. Die Familie wurde zusehends
größer. Nicht selten kamen dann auch noch Nachbarn
und Freunde dazu. Kein Koch kann das ausreichend
berücksichtigen, wenn er keine Kenntnis davon hat.
Ab dem Punkt, leidet dann auch das Menü für die
Gäste.
Das Wetter ist schön. Am ersten Tag könnte ich
eigentlich nach Hause fahren. Nützen tut das wenig.
Joana kommt erst nach Vier zu Hause an. Und zu der
Zeit, müsste ich schon wieder fahren. Damit stellt sich
heraus, wir sehen uns wieder kaum in der
kommenden Zeit. Für meinen Arbeitsweg benötige
ich bei günstigem Verkehr zwanzig Minuten. Ein paar
Geschwindigkeitsübertretungen sind mit
eingerechnet. Anders würde ich das in der Zeit nicht
schaffen. Rechne ich hier vier Arbeitswege
zusammen, käme ich auf einhundert Kilometer
täglich. Ich würde wieder für Agip arbeiten. Sicher

nicht für mein Konto. Preiswerter ist einfach keine Arbeit zu bekommen. Ich frage Leo, ob er sich daran beteiligen würde.

„Gerne."

„Auch an der Zeit?"

„Zur Hälfte."

Das Angebot ist gut. Nebenbei erfahre ich, Leo ist Deutscher. Ein Franke, der Agnes geheiratet hat. Ein fleißiger deutscher Mann heiratet eine fleißige Südtiroler Frau. Man könnte sich reichlich Südtiroler Nachwuchs wünschen für die Beiden.

Zum Abendmenü ist mein Lehrling im Haus.

„Würdest du Claudia ausbilden? Sie benötigt nur noch etwas Hilfe für die Abschlussprüfung."

„Ich versuche es. Claudia, bringe mir bitte deine Unterlagen mit. Ich muss wissen, auf welchen Stand du bist und wo wir ansetzen müssen."

„Mach ich morgen."

Sie wirkt nicht gerade aufgeweckt, aber zumindest etwas interessiert an dem Abschluss. Am ersten Tag zeige ich ihr natürlich, wie man eine Ausgabe organisiert. Auf dem halben Weg dahin, klingelt ihr Telefon. Sie bricht blitzartig ihr Interesse ab. Es geht um den Rest des heutigen Abends. Die Ausgabe richte ich inzwischen her. Nach fast zwanzig Minuten ist sie wieder ansprechbar.

„Morgen kommst du bitte ohne Handy oder stellst es ab in der Küche."

Und schon habe ich mir die junge Dame zur Feindin
gemacht. Eigentlich hätte sie recht, wenn sie zehn
oder zwölf Stunden auf Arbeit wäre. Das ist sie aber
nicht. Bei Lehrlingen zählt streng das Arbeitsrecht.
Und darauf klopfen die jungen Leute natürlich.
„Zur Pause kannst du das Handy nutzen. Das musst
du mit deinen Freunden und Freundinnen aber
absprechen.“
Sie schaut etwas freundlicher. Mein
Entgegenkommen nutzt sie aber sofort schamlos aus.
Sie deutet das als Schwäche.
„Dann mache ich jetzt Pause.“
Jetzt bin ich nicht so genau über die Italienischen
Gesetze informiert. Claudia kam für mich einfach
etwas unvorbereitet.
„Wie lange darf denn ein Lehrling arbeiten?“
„Bis zwanzig Uhr.“
Leo kommt gerade in die Küche.
„Bis zwanzig Uhr dürfen Lehrlinge arbeiten?“
Agnes sagt dazu:
„Ja. Das wird recht streng durchgesetzt. Sie erzählen
das in der Schule und dann bekommen wir Ärger bei
Fehltritten.“
„Dann brauchst du auch keine Pause mehr, Claudia.“
„Wir haben vier Anreisen“, sagt Leo.
„Normale Menüs? Claudia. Lege uns bitte vier
Salatteller.“
„Ja.“

„Dann lege uns bitte vier Kalte Vorspeisen und vier Salatteller."
„Was ist die Vorspeise?"
„Ein Speckbrettl. Etwa ein Viertel von einem Speckbrettl im a la carte."
„Mach mir eins vor."
Ich lege schnell eine Vorspeise vor. Schon bei der ersten Platte, die sie nach legt, stelle ich eine gewisse Ablehnung fest. Ich kann am ersten Tag schlecht sagen, ob es Vorsatz ist oder einfach Mangel an Talent. Trotzdem gehe ich davon aus, dass ein Mensch, der einen Beruf erlernen möchte, dabei ein gewisses Interesse zeigt. Das vermisse ich.
„Das wird ein schwieriger Gang für uns", sagt Leo zu mir. Dabei erzählt er mir noch von anderen Begebenheiten, die mich schwer zweifeln lassen. Nun sind wir Zwei aber Deutsche. Und die haben gewiss eine andere Sicht auf den Charakter unserer Gastgeber als unsere Gastgeber selbst. Warten wir ab, was Agnes dazu sagt.
Leo erzählt mir, Agnes arbeitet früh als Lehrerin und abends im Hotel. Das ist eine erstaunliche Arbeitsleistung. Auf alle Fälle hat sie gelernt, wie man mit dieser Kategorie Mensch umgeht. Agnes bekommt das letzte Wort.
Ich selbst habe bereits über einhundert Lehrlinge ausgebildet. Die bewerteten meine Methoden stets positiv. Immerhin habe ich sie alle durch die Prüfungen gebracht und später, sehr oft

Komplimente bekommen dafür. So falsch kann ich eigentlich nicht liegen. Innerlich rüttelt das trotzdem gewaltig in Einem. Die Nacht könnte schlaflos werden deswegen.

Wie sagt der Volksmund? Eine neue Arbeit bringt viele schlaflose Nächte. Bei uns im Handwerk. Jetzt kann sich Jeder gut ausmalen, wie das Sprichwort wirkt, wenn ich in einem Monat zwanzig verschiedene Betriebe besuche. Oft frage ich mich, wie man in diesem Zustand eine ganze Saison überstehen kann. Nicht selten geht mir in den Pässen durch den Kopf, lenkst du jetzt ein oder nicht. Aber meine liebe Frau allein lassen, das geht nicht. Also, stehen wir das durch. Genau diese Gedanken quälen einen Menschen, der bis auf die Knochen ausgebeutet und geplündert wird. Menschen mit einem anderen Charakter oder aus anderen Kulturen, würden schon zur Waffe greifen. Köche sind bewaffnet. Und ziemlich gut geschult im Zerlegen von faulem Fleisch. Ich glaube, daher kommt auch der Respekt in gewissen Kreisen.

Die angebliche Fachlichkeit ist oft nur Täuschung. Man möchte wissen, ob es der Koch auch unter Stress allein kann. Trotzdem Lohnkosten absetzbar sind, werden sie eben gern gespart. Offensichtlich gibt es genug Möglichkeiten auf der Personalliste. Die mit helfenden Familien sind groß.

Der Heimweg ist notwendige frische Luft. Die braucht es jetzt. Die Dunkelheit scheint nur ganz bestimmte

Menschen auf die Straße zu bringen. Der größte Teil fährt im Auto. Frauen so und so. Man hat schon eine gewisse Angst, nachts auf der Straße. Wir sind nicht in der DDR. Unfallflucht ist immerhin ein Leistungssport hier zu Lande. Alle meine Unfälle auf Arbeitswegen wurden durch die Unfallflucht der Verursacher vergoldet. Nicht für mich.

Joana ist wach. Sie hat bereits geschlafen. Der Rhythmus ist trotzdem nicht gut für sie. Joana braucht einen durchgehenden Schlaf. Sie schleppt sonst zu viel schlechte Gedanken in den neuen Tag. Sie hat mir etwas zu Essen gekocht.

„Das muss nicht sein. Ich bin Koch und esse beim Kochen und Probieren genug."

Ich knabbere aus Liebe ein zwei Bissen an. So kommen wir zu etwas Unterhaltung. Ich müsste mich sofort hin legen und schlafen. Aber das, kann doch kein Leben sein. Dann könnte ich auch im Zimmer übernachten. Arbeiten, Fressen und Schlafen. Da haben selbst unsere Rinder auf der Weide mehr Freizeit.

Der Wecker Joanas klingelt wie immer gegen Vier Uhr. Nur Bäcker stehen um diese Zeit auf. Joana möchte zur Arbeit ausgeschlafen sein. Halb Sechs fährt sie los. Bis dahin haben wir ein paar Minuten. Wir können zusammen Kaffee trinken und uns über den Vortag unterhalten. Ich hätte fast Lust, um ihre Zeit auch auf Arbeit zu fahren. Wegen dem Verkehr. Der ist um diese Zeit ziemlich ruhig. Lastwagen begegnen uns um diese Zeit wenig. Und wenn, ist immer noch genug Raum, die zu überholen.

Wir brechen zusammen auf. Im Hotel kann ich mich immer noch etwas hinlegen. Ich packe mir einen Laptop ein. Wenn ich keine Ruhe finde, kann ich mir einen langweiligen Film anschauen. Von denen gibt es genug auf meinem Speicher. Gute Einschlaffilme. Man könnte den Regisseuren äußerst dankbar sein, auch an die Pausen der Saisonarbeiter gedacht zu haben.

Wie üblich zu der Zeit, begegnen mir Bäcker und Frühstückskräfte der Hotels. Deren Lichtkegel verschaffen mir auch an unübersichtlichen Stellen genug Überblick. Ich komme recht zügig im Almer an. Agnes ist schon in der Küche. Allein. Leo deckt die Tische für das Frühstück. Die Zwei sind noch richtige Unternehmer.

Bei der Gelegenheit vereinbaren wir meine Vorbereitungen für das Frühstück. In Zukunft wird Agnes damit gewaltig entlastet. Ich schneide und lege ihr die Frühstücksteller. Leo hat einen schönen Carrello, in den ich die fertigen Teller einhängen kann. Der stammt wahrscheinlich noch aus den besseren Zeiten des Hotels. Die Räder quietschen etwas. Leo schämt sich dafür. Er nimmt ein Ölspray und beseitigt das Geräusch.

Nach der Frühstücksvorbereitung bricht Agnes auf.

„Ich muss in die Schule.“

„Wo ist die?“

„In Eppan.“

„Das ist ja gleich um die Ecke."
Wir lachen zusammen.
Einen Vorteil hat der lange Weg. Agnes kann unterwegs die günstigsten Angebote einkaufen. Sie kommt an reichlich Genossenschaften vorbei, die uns heimisches Obst und Gemüse anbieten. Sämtliche Metzger und Händler Südtirols befinden sich auf ihrem Arbeitsweg. Sie muss eigentlich nur wissen, welche Menüs ich kochen möchte.
Natürlich gibt es auch im Ort reichlich Anbieter von Gemüse. Auch gleich in der Nachbarschaft. Dort wachsen wenigstens die frischen Kräuter in Hülle und Fülle. Für unser Obstangebot sorgt auch der Vater von Agnes. Er ist Apfelbauer und hat auch ein paar andere Bäume im Garten stehen. Neben reichlich Kirschen und Birnen, entdecke ich Zwetschgen. Ich meine nicht die Pflaumen, die im Westen als Zwetschge bezeichnet werden. Ich meine die wilden runden, gelben, grünen oder weinroten – kirschähnlichen Zwetschgen. Die Quetsche, wie sie bisweilen an deutschen Tischen genannt wird. Köche lieben irgendwie den feinen Unterschied. Der da, ist aber in meinen Augen schon gewaltig. Warum die Zwetschge ausgerechnet in Österreich, wo jedes kleine Stück Fleisch einen eigenen Namen bekommt, so verallgemeinert wird, bleibt mir ein Rätsel. Meine bisherigen Österreichischen Kollegen waren am Feierabend selten ansprechbar zu diesem Thema. Sie waren alle schon vor dem Feierabend strotz besoffen.

Wie die meisten ihrer Chefs. Die haben sich aber immer gut verstanden untereinander. Diese Art Verhältnis hat sich bisweilen auch bei uns in Südtirol eingebürgert. Für uns Saisonarbeiter ist dieser Zustand nicht besonders glücklich. Wenn wir einen Arbeitsunfall oder Streit haben, verfügen wir über zu wenig Zeugen. Wobei, erpresste und um ihre Arbeit fürchtende Mitarbeiter, Alkoholikern durchaus ebenbürtig sind. Das offene Tor für Meineid und Widerspruch.

In der aktuellen Situation habe ich das nicht zu befürchten. Die Zwei sind fleißig und recht ehrlich. Gute Chefs und Kollegen.

Meine zwei Chefs teilen sich etwas in die Arbeit. Agnes verabschiedet sich abends etwas zeitiger, während Leo bis zum letzten Gast durchhält. Leo trinkt nicht. Und das finde ich wirklich gut in unserer Branche.

Ein Bus reist nach dem Frühstück ab. Deren nächster Halt ist im Unterland. Sechs Hausgäste verlassen uns auch. Leo sagt, wir bekommen heute zehn Anreisen. Die Zufallstouristen, die ohne Vorbestellung anreisen, bezeichnet Leo als Straße. So steht es in der Liste. Leo lässt die Stelle in der Meldung nicht frei. Er druckt immer ein Fragezeichen dahinter, sagt er.

Das Telefon klingelt. Mit dem Gespräch, das zweifellos eine Bestellung ist, zeichnet er nebenbei vier Anreisen hinter das Fragezeichen. Österreicher, wie ich es vernehme.

„Das sind Kollegen aus der Innsbrucker Gegend. Sie feiern bei uns etwas ihren Saisonabschluss.“

„Gastronomen?“

„Ja.“

„Wenn wir morgen Agnes zum Einkaufen schicken, wäre es gut, das Menü erst dann zu schreiben, wenn die Ware da ist.“

„Das finde ich gut.“

„Wir haben dadurch die Möglichkeit, echte Sonderangebote zu verarbeiten.“

„Das ist besser als unsere Lebensmittel zum Menü passend zu suchen.“

„Wir kochen aus allen Lebensmitteln, die uns zur Verfügung stehen, ein Menü.“

„Wunderbar!“

Claudia kommt. Ich schicke sie gleich zum Salat. Gelegentlich kontrolliere ich ihre Arbeit. Beim Probieren fällt mir auf, sie kann gut abschmecken. Und das in dem Alter.

„Kochst du zu Hause?“

„Nein.“

„Aber du hilfst der Mutter.“

„Mutter kocht nicht. Das macht die Oma.“

Die Einteilung finde ich gut. So werden wenigstens die Älteren der Familie in wirklich nützlicher Bewegung gehalten. Das ist typisch für bäuerliche Haushalte. Wir kennen das von zu Hause.

Zum Mittagessen stellen sich die Familienmitglieder vor. Sie arbeiten in der Apfelplantage. Und nicht nur das. Sie bauen auch ihr eigenes Gemüse an. Ein Probe soll ich gleich mit kochen. Grüner Spargel aus dem Vinschgau. Selbstverständlich baut die Familie das für den Eigenverzehr an. In großen Mengen wäre das wahrscheinlich unwirtschaftlich für sie. Die Mutter von Agnes stellt sich mit Hanna vor und der Vater mit Georg. Beide wirken sehr frisch und gesund. Agnes sieht dem Vater sehr ähnlich. Unsere zwei Zimmermädchen, die beide nicht aus Südtirol sind, halten sich etwas zurück. Bei denen brauche ich noch etwas, um ihre Namen zu erfahren. Vom Aussehen her, wirken sie wie Slawen. Ihre Mentalität erinnert mich an Jugoslawen. Sie lachen etwas seltener, dafür aber sehr herzlich.

Unser Mittag besteht heute aus Pasta. Bei der Gelegenheit fällt mir ein, Leo darauf aufmerksam zu machen, den Einkauf für einen Tag im Voraus zu organisieren. Wir können so zum Frühstück unser Menü bekannt geben. Auch das Personalessen ist dann mehr auf Frische organisiert. Allgemein essen wir die Reste vom Vortag. Mit der Bekanntgabe der genauen Zahl unserer Gäste, bleiben natürlich weniger Reste übrig.

Reste ist jetzt gut gesagt und trotzdem schlecht beschrieben. Wir kochen unser Essen ja in zwei Stufen. Bis zu einer Ausgabe ist das Essen vorgekocht. Das ist etwa vergleichbar mit Gefrierkost aus dem Supermarkt. Die wird auch vorgekocht und danach eingefroren. Auch andere Konserven werden mit diesem Prinzip hergestellt. Der Vorteil unserer Herstellung ist, wir wissen, was drinnen ist und auf dem Teller liegt. Nach der neuen Gesetzgebung ist das auch wichtig. Weil wir für unser Produkt haften. Auch für das Produkt, das wir fertig einkaufen und weiter verarbeiten. Bequemlichkeit kann also heute, ziemlich gefährlich sein. So landet die Haftung für Produkte der Großindustrie einfach bei einem Koch. Und welcher Koch haftet schon gern für gewissenlose, Gewinn orientierte Panscher? Und genau dieser Umstand zwingt uns zur Optimierung unserer Verarbeitung. Also, konservieren wir unsere Produkte für ein paar Stunden, selbst. Vorgekochte Produkte sind Zwischenprodukte, die in einem letzten Verarbeitungsgang, fertig gestellt werden. So einfach kann frische Küche sein.

Die vier Hoteliers fragen, ob wir ihnen Etwas zu Mittag kochen können. Der Blick in den Topf verrät uns, es geht. Aber die Portionen wären ziemlich klein. Einen Nachschlag zu servieren, wäre unmöglich.

„Legen wir Denen eine Vorspeise?"

„Am besten, wir bieten ihnen ein Speckbrettl."

„Das werden sie schon annehmen. Ich frage sie."

„Die Herrschaften wollen Speck", singt Leo. Er wirkt irgendwie begeistert. Ich lege die Brettl klassisch. Mit Gurke und sauren Zwiebeln. Die sauren Zwiebeln habe ich morgens mit hergestellt. Für das Menü. Bei weniger Gästen habe ich mehr Zeit, unseren Gästen einige Extras herzustellen. Meist stelle ich

verschiedene Gemüse - acrodolce her. Sprich, süss –
sauer. Die Nachfrage ist bei unseren Gästen enorm.
Vor allem gehen Champignons, Zucchini und
Peperoni gut ab in dieser Variante. Ich scheine bei der
Würzung a la Saxonia ein glückliches Händchen zu
haben.

Nach dem Essen, kurz vor meiner Mittagspause,
wollen die Herren den Koch sehen. Schon nach den
ersten Worten scherzen sie über meine Herkunft.
Etwas geheucheltes Beileid ist dabei. Mich erinnert
der Auftritt an diverse Filme mit Butlern. Ich stehe
stramm neben dem Tisch und die Herren wollen mich
sitzend vorführen.

„Die Speckscheiben sind ziemlich klein. Fast wie am
Saisonende.“

„Unsere Schweine wachsen leider nicht quadratisch.“

„Das Essen war gut. Wir könnten einen Koch
gebrauchen in der Wintersaison.“

„Wie weit müsste ich denn fahren?“

„Das ist unterschiedlich. Sie hätten die Wahl zwischen
Stubaital, Matrei und Steinach.“

„Das ist ja im Wipptal. Gebührenpflichtig. Würden sie
die Maut, den Sprit und die Autobahn zahlen?“

„Sicher.“

„Auch bei täglicher Benutzung?“

„Man kauft sich ein Jahresticket dafür. Natürlich.“

Das Angebot ist verlockend. Zumal in Österreich der
Tank für zwanzig Cent pro Liter, preiswerter zu füllen
geht.

„Wenn sie mir ihre Hotels verraten, können wir bei passender Zeit darüber reden.“
Im Nu setzt ein Hagel von Visitenkarten ein. Ich fühle mich geehrt.
„Willst du noch Etwas trinken?“
„Höchstens einen Kaffee.“
„Saufen tut der auch nicht“, sagt Einer von ihnen. Sie lachen. Leo steht am Tisch und lacht mit.
„Du machst wohl Geschäfte bei mir? Das kostet Prozente.“
Ich komme mir vor wie ein antikes Möbelstück, um das gerade geschachert wird. Die Herren bleiben sitzen. Ich bin müde.
Auf dem Weg ins Zimmer fallen mir drei Herren auf, die an unserer improvisierten Rezeption stehen.
„Ist der Chef da?“, fragen die mich.
„Ja. Er kommt sicher gleich wieder.“
Mit dem Hinweis, kommt Leo zurück. Alle gehen zusammen ins Büro und der Letzte schließt die Tür. Ich kann nicht hören, was da läuft. Trotzdem wollte ich gern wissen, was da gespielt wird. Ich gehe an unseren Eingang, um zusehen, wer das ist. Sicher eine Baufirma. Leo redet die ganze Zeit von Bau und Reparatur. Die Nummernschilder sind aber aus Österreich. Will Leo etwa mit einer Österreichischen Firma bauen? Das kann ich nicht verstehen. Zumal wir gute Firmen in unmittelbarer Nähe haben. Ich denke, sie sind gut. Unsere Hoteliers sind ziemlich oft anderer Ansicht. Persönlich habe ich sehr oft Streit

zwischen Baufirmen und Hoteliers miterlebt. So ganz grundlos kann also der Blick in die Nachbarschaft nicht sein. Die Tiroler Hotels sind schon auch solche Prachtstücke wie unsere. Sie sind nur mitunter etwas herunter gekommen. Der Grund ist sicher in der unterschiedlichen Belastung der Hoteliers zu suchen. Ich meine jetzt nicht die Belastung durch Gäste. Eher, die durch Kreditinstitute und Landesämter. Gastronomen sind immerhin deren Sklaven. Mir ist keine Steuer und erfundene Abgabe bekannt, die nicht den Gastronomen abverlangt wird. Dagegen sind Friseure, Könige. Leider gibt es von beiden Berufen zu viel.

Unsere Diktatoren nennen das Gesellschaft der Dienstleister. Dabei sind die eigentlich die Diener des Volkes. So einfach schiebt man Verantwortung in eine andere Schublade. Mit dummer Unverfrorenheit und einem lockeren Maul. Neuerdings tritt dieses Phänomen auch mit Reizwäsche an. Die Preise sind entsprechend dem Strich angepasst. Schließlich will die Schickse am Garda ihren Lover ausführen, während der Alte die aufgedrängte Brut in den Kindergarten karrt. Der Alte gibt die Aufgabe an ein Polnisches Kindermädchen ohne Unterwäsche weiter. Das sind Kosten, die wir gern mit zu bezahlen haben. Hoffentlich hat der sich rechtzeitig sterilisieren lassen. Sonst geht es ihm wie Boris Becker.

Aus Neugierde bin ich nicht in die Zimmerstunde gegangen. Ich spaziere noch über unseren Parkplatz und genieße den Blick ins untere Martelltal. Agnes kommt gerade. Sie fährt mit einem anderen Auto. Nicht mit dem großen Benz. In der Schule, in der sie arbeitet, sähe das sicher nicht gut aus. Und dann der Einkauf. Der hinterlässt bisweilen auch Spuren im Polster des Autos.

„Helfe mir mal bitte beim Ausräumen."

Fleisch, Gemüse, Salat und Kartoffeln, alles ist dabei. Bei uns gibt es heute Geselchtes. In Südtirol wird das eigentlich im Herbst gegessen. Für unsere Gäste verwandeln wir das Frühjahr in den Herbst. Von den Temperaturen her passt das. Es ist nicht besonders warm. Bei vielen Neuankünften möchte ich auch gern Sortimente verwenden, die ich problemlos weiter verarbeiten kann. Geselchtes ist, wenn ich es pochiere, Prager Schinken. Und den benötige ich für das Frühstück. Oft spare ich mir sogar das Pochieren. Weil unser Geselchtes sehr oft zu heiß geräuchert wird. Und dann ist es schon Schinken. In dem Fall, muss ich es nur erwärmen oder kalt aufschneiden.

„Ich muss heute zum Doktor", sagt mir Claudia im Gehen.

„Bist du krank?"

„Nein."

„Melde dich bitte bei Agnes ab. Sie bezahlt dir deinen Lohn. Kommst du heute Abend?"

„Ich versuche es."

Das klingt so, als würde ich heute Abend allein da stehen. Claudia hat wahrscheinlich heute einen

Ausgang verabredet. Sie hat den halben Vormittag telefoniert.

Der Salat ist aber fertig. Nur nicht auf dem Teller. Wir legen Salatteller. Das kann ich abends schnell nachholen. Wegen der Busse, haben wir uns entschieden, Salate nur noch portioniert zu servieren. Offensichtlich verwechseln unsere Gäste das Salatbuffet mit der Tafel in Deutschland. Salat scheint zur Hauptspeise zu werden. Die Hauptspeise wird neuerdings sogar eingepackt. Unsere Gäste scheinen sich für ihren Umgang mit dem Besteck nicht zu schämen. So, wie unsere Tische nach der Mahlzeit aussehen, beherrscht Keiner mehr das Besteck. Vielleicht sollten wir es mal mit Stäbchen probieren? Oder mit Löffeln.

Leo deckt Löfel aber so und so mit ein. Warum benutzen die Gäste nicht das, was sie halbwegs beherrschen?

Leo kommt in die Küche. Sein Gesicht verrät nichts Gutes.

„Wir sind gekündigt worden.“

Mir fällt fast das Weißkraut aus der Hand.

„Was ist passiert?“

„Wir zahlen hier monatlich rund fünfzehn Tausend Miete.“

„Habt ihr nicht bezahlt?“

„Doch. Wir zahlen an eine Bank in Österreich.“

Wir bemerken in dem Zusammenhang, Gesetze scheinen nicht zu zählen in diesen Kreisen. Klagen dagegen, sind zu teuer und zeitaufwendig. Nachgeben scheint hier die Lösung zu sein. Offensichtlich streiten sich hier mehrere Parteien. Ein Ausweg scheint nur im Verfall des Anwesens zu bestehen. Das ist wahrer Umweltschutz.

Die Zwei möchten mich bei ihrer Suche nach einem neuen Objekt gern mit nehmen. Einen solchen Lohnausfall kann ich leider nicht verkraften. Wir müssen jeden Monat einen Tausender drücken. Und der kommt nicht vom Himmel gefallen. Die Zwei versprechen mir, sich um mich zu kümmern. Die Frage ist ernst für meine Familie. Auch, wenn wir nur Zwei sind. Wir leben unter gewissen Einschränkungen, die wir meiner defensiven Haltung gegenüber Ämtern zu verdanken haben. Ich möchte als Migrant nicht permanent vor irgendeinem Amt die Innenseite meiner Unterhose zeigen. Wir sind das einfach nicht gewohnt. Zum Glück können wir wenigstens mit Geld umgehen.

„Können wir wenigstens noch das Abendessen von Heute servieren?"

„Ja. Sicher."

Claudia scheint nicht zu kommen. Sie hat das doch nicht etwa im Volksmund erfahren. Der ist bekanntlich schneller als die Gerichtsvollzieher.

„Wir wollten das Hotel restaurieren."

„Was? Zusätzlich zu der Miete? Das ist doch die Aufgabe des Besitzers."

„Die wollten das nicht. Wir haben mehrmals hin
geschrieben.“
„Also. Die haben euch eine Ruine für das Geld pro
Monat vermietet und wollten es nicht restaurieren.
Und das, nach dem Beweis von euch, dass dieses
Haus gut besucht wird und ihr fähig seid, ein solches
Objekt zu führen.“
„So in etwa, kann man das beschreiben.“
„Was habt ihr jetzt vor?“
„Wir bewerben uns um ein neues Objekt. Es gibt
reichlich Angebote. Bleib bei uns.“
Und jetzt habe ich den größten Fehler meines Lebens
gemacht. Ich habe abgelehnt. Aus Angst und
Unkenntnis. Wir haben einfach keinen
Ansprechpartner gefunden, der uns sagt, wie man
sich hier am besten in dieser Situation verhält. Jedes
Land hat andere Gesetze. Joana und ich sind in der
Beziehung ziemlich hilflos. Frei nach dem Sprichwort:
Hilf dir selbst, sonst hilft dir Keiner, habe ich mich
umgehend bei einer neuen Arbeitsstelle beworben.
Ich rufe sofort die Betriebe an, die vor drei Tagen
noch gesucht haben. Und siehe, es hat sofort
funktioniert. Ich sage das Leo und Agnes. Beide
freuen sich mit mir. Die geben mir ein paar Hinweise
mit auf den Weg. Auch in Beziehung zu Betrieben, bei
denen ich mich beworben habe. Leo hat nicht
gespart. Beide geben mir ein gutes Handgeld.
„Das ist dein Trinkgeld von unseren Gästen. Wir
haben es aufbewahrt“, sagt Agnes.

„Du kannst auch bei den Eltern von Agnes etwas in der Landwirtschaft helfen", bietet mir Leo an.
Ich muss gestehen, Landwirtschaft habe ich gelernt. Bauer und Gärtner habe ich in der DDR gelernt. In einer Baumschule. Wir haben genau das angebaut, was hier in Südtirol auch angebaut wird. Erdbeeren. Neben den Erdbeeren haben wir natürlich auch Gemüse, verschiedene Bäume und Sträucher angebaut. Warum ich ausgerechnet das abgelehnt habe, bleibt mir ein Rätsel. Ich glaube, ich habe wegen unseres Darlehens abgelehnt. Die Furcht, nicht genug Rücklagen für die Zeit außerhalb der Saison zu haben, lässt mich zweifeln. Dazu kommt, ich traue meinen neuen Gastgebern nicht. Wir sind einfach zu oft belogen worden.
Gleich in der Nähe sucht ein Gasthof einen Koch. Die möchten mit mir zusammen arbeiten. So klingt es am Telefon. Die Stimme am Telefon ist weiblich.
Hier ist es fast wie bei uns Beiden. Joana ist die Einzige in unserer Familie, die von meinen Ansprechpartnern verstanden wird. Ehrlich gesagt, verstehe ich auch kaum meine männlichen Ansprechpartner hier in Südtirol. Offensichtlich hängt unser Geschlecht mehr an der volkstümlichen Aussprache. Frauen hingegen, neigen etwas zum Hochdeutsch. Sie können sich besser anpassen. Die große Politik scheint das zu wissen. Unter Anpassen meinen die, Menschen zu benutzen, die sich einem

Diktat leichter zu beugen scheinen. Das scheint auch bei den femininen Männern zu funktionieren.
Wir verabreden uns sofort. Leo freut sich für mich und ruft gleich dort an. Man begrüßt sich freundlich, wie scheint.
„Sie erwarten dich. Ich habe ihnen gesagt, was du kannst."
„Was ich kann, ist bei uns hier nicht so wichtig. Wir kaufen alles fertig und schreiben hausgemacht in die Karten."
Leo muss lachen.
Das Motorrad wird nicht warm bis zu meinem neuen Arbeitsplatz. Es ist ein Gasthof. Feldzauber steht am Eingang. Wenn das kein Zauber ist.
Drinnen werde ich natürlich erwartet. Vom Chefkoch persönlich.
„Ich bin krank und möchte mit dem Beruf aufhören", sagt Konrad zu mir.
Wenn ich ihn mir genau anschaue, hat er Recht. Er sieht wirklich leidend aus. Ein paar junge Kollegen huschen durch die Küche. Südtiroler sind keine dabei. Die Küche ist relativ sauber. Wie scheint, ist der Betrieb gut besucht. An Technik sehe ich eigentlich alles, was sich ein Koch wünschen würde.
„Die Küche hast du eingerichtet?", sag ich zu Konrad.
„Frag mich nicht."
Eine typisch Südtiroler Antwort, die einen zwingt, sich den Rest selbst zusammen zu reimen. Die eigenen Erlebnisse werden wir dann unseren Nachfolgern

auch nicht preisgeben. Das ist gelebte Nichteinmischung. Neutralität.
Eigentlich muss er mir nichts sagen. In seinem Gesicht sehe ich fast seine gesamte Laufbahn in diesem Betrieb. Und die kann wirklich nicht lange gedauert haben. Der Kollege wirkt erlöst.
Trotzdem muss ich sagen, was den Einen erlöst, muss nicht das Grab des Anderen sein. Die Organisation der anliegenden Arbeit ist das Geheimnis des Küchenglücks. Damit ist auch gesagt, wie die technische Ausrüstung zu sein hat. Die technische Ausrüstung der Küche muss so beschaffen sein, dass die anliegende Arbeit von einem Koch problemlos, an einem Posten, erledigt werden kann. Wer also Küchen schon für zwei Köche in zwei Posten einrichtet, plant schon mal die falschen Küchen. In diesem Fall dürfen wir eher davon ausgehen, im Verkauf von Technik, die eigentliche Arbeit des Einrichters zu suchen.
Kein Koch hat je gesagt, er könnte seine Aufgabe nicht in der Reihe von zwei oder mehreren Kollegen erledigen. Das nennt sich Küchen- oder Anrichtestraße. Ähnlich einem Fließband. Ein gut organisierter Koch kann schon locker mehrere hundert Essen zubereiten, anrichten und ausgeben. Auch a la carte. Er muss eben nur analysieren, welche Speisen, Handlungen und Produkte die meiste Zeit erfordern. Und dort muss dann angesetzt werden. Es gibt für Alles, technische Möglichkeiten. Und wenn nicht, wird eben improvisiert.

Konrad sieht nicht so aus, als hätte er sich von Trockennahrung ernährt. Irgendwie erkenne ich einen leichten Hang zu Flüssignahrung. Es sieht so aus, als würde in der Küche reichlich Wein verkocht. Neben dem Hackstock steht ein Behälter, in dem die leeren Flaschen gesammelt werden. Nun kenne ich auch den Grund für den schlechten Gesundheitszustand meines Kollegen. In der Küche stehen noch zwei Kollegen. Die sehen gesund aus. Einer stellt sich mit Slavko vor, der andere mit Petr. Den Namen nach, würde ich die Slowakei vermuten. Das erfahre ich sicher später.
Die Chefin kommt in die Küche.
„Haben wir miteinander telefoniert?"
„Ja. Karl."
„Ulrike."
Ulrike sieht recht flott aus. Sie hat die Figur, die ich persönlich als weiblich und reizvoll empfinde. Also kein so ein verhungerter, aggressiver Typ, der sich und seine Umwelt hasst. Ich schöpfe Hoffnung. Kurz darauf kommt auch der Chef und stellt sich mit Florian vor. In seinen Augen sehe ich, mit wem Konrad den Wein verkocht hat. Florian scheint doppelt älter als Ulrike. Ich dachte zuerst, sie sei seine Tochter. Nichts ist ausgeschlossen in unserem Gewerbe und in den Tälern Südtirols.
„Wie viele Gäste erwarten wir täglich?"
„Wir haben ein Arbeitermenü. Das sind etwa Fünfzig jeden Tag."

Ulrike legt mir ihre Speisekarte vor. Die sieht recht zivil aus. Keine umständlichen Beschreibungen. Einfache Küche.

„Leo hat mir gesagt, du kannst mit Bussen recht gut umgehen. Die Busse, die Leo beköstigt hat, kommen jetzt zu uns. Vorübergehend."

„Haben sich schon welche angemeldet?"

„Ja."

Ich glaube fast, deswegen ist Konrad krank. Er kann die zusätzliche Belastung nicht organisieren. Für mich heißt das, die tägliche Belastung muss so schon grenzwertig sein. Ich muss versuchen, mit meinen zwei Kollegen darüber zu reden.

„Soll ich gleich anfangen? Was liegt heute an?"

„Frage bitte Slavko. Der ist der Zweite Koch."

„Will Slavko nicht Chefkoch sein? Ich frage das wegen inneren Spannungen, die sich daraus ergeben."

„Slavko ist zu kurz bei uns. Er traut sich das nicht."

„Die zwei Kollegen haben also in diesem Jahr angefangen?"

„Nein. Im vergangenem Jahr."

„Gut. Ich mache mich fertig. Wo kann ich mein Motorrad parken. Etwas Trockenes wäre mir am liebsten."

„Auf dem Parkplatz an der Rückseite des Hauses findest du zwei Balkons. Dort sind trockene Plätze."

Bei unserem Vinschger Wind ist das nicht die idealste Lösung. Aber es ist wenigstens eine.

„Was war heute das Arbeitermenü?"

„Salat, Risotto, Gulasch Knödel, Pudding."
„Alles klar."
Nach dem Umziehen, stellt sich Slavko persönlich vor.
Er sagt mir, was sie alles schon gekocht und
vorbereitet haben. An den Salaten arbeitet gerade
Petr. Petr ist in meinem Alter. Er ist kein gelernter
Koch. Er stellt sich aber recht professionell an. Salate
erfordern eigentlich kaum handwerkliche Fähigkeiten
unseres Berufes. Gelegentlich müssen wir Köche
diesen Posten mit Vorprodukten versorgen. Das
belastet einen Koch aber nicht unbedingt.
Petr kommt aus der Autobranche. Sein Arbeitsplatz
wurde weg rationalisiert. Die Firma wurde von einer
Westfirma übernommen. Dem Namen nach, wäre das
Auto dieser Firma vom Volk für das Volk. In seinem
Fall, scheint das nicht zu stimmen. Er hat schnell eine
Umschulung bekommen. Von seinem Arbeitsamt.
Nicht von der Firma, die ihn geschmissen hat.
„Warum schulen die mich für einen Beruf um, der bei
uns nicht gebraucht wird?", fragt er mich.
„Wichtig ist, du machst das gerne."
„Schon. Ja. Aber meine Familie ist zu Hause."
„Das geht uns auch so. Unsere Diktatoren verteilen
die Arbeiter in ganz Europa, damit wir das kriminelle
Gesindel nicht stürzen."
„Du bist doch nicht etwa Kommunist?"
„Wie hast du das erraten?"
„Nur so."

„Gut. Ich bin heute Abend noch einmal bei Leo. Hier kümmere ich mich nur um die Vorbereitung. Habt ihr Hausgäste?"
„Reichlich. Die essen a la carte oder das Tagesmenü."
„Das Tagesmenü ist das Arbeitermenü?"
„Genau."
„Muss ich etwas nach kochen?"
„Nein. Slavko hat genug gekocht."
Ich probiere das Essen. Gut. Slavko hat fast meinen Geschmack. Er beobachtet meine Mine beim Probieren. Mein Gesichtsausdruck scheint ihn zu beruhigen.
„Ich muss schnell noch Leo anrufen, ob er mich unbedingt braucht heute."
Leo nimmt ab. Agnes ist auch schon da. Ich höre sie im Hintergrund. Sie klingt etwas aufgeregt.
„Sind viele Anreisen?"
„Wir haben allen abgesagt. Im Haus sind acht Gäste. Du musst uns nicht helfen."
„Habt ihr schon einen neuen Betrieb gefunden?"
„Wir sind in Kontakt."
„Alles Gute wünsche ich euch. Grüße Agnes."
„Viel Glück bei Ulrike."
„Danke."
Ich kann also bei Ulrike arbeiten. Das wird heute der Abenddienst sein. Auf meine Frage, ob denn für mich irgendwo ein Bett stünde für die Zimmerstunde, bekomme ich eine Anlehnung. Ich muss also vier Wege kalkulieren. Und das ist ziemlich teuer.

„Was werde ich denn hier verdienen?"
„Sag uns, was du zuletzt verdient hast."
„Naja; mit einem Personalzimmer musste ich zur Zimmerstunde nicht nach Hause fahren. Dafür hat mir Leo anfangs, Zwei – Drei geboten."
„Aber Leo ist pleite."
„Das würde ich so nicht unterschreiben. Aber; ohne Zimmerstunde im Haus möchte ich natürlich die Bewegungskosten vergütet haben. Sprich, Zwei – Acht."
„So viel können wir nicht zahlen."
„Dann tut es mir das Leid."
„Ich frage Florian."
„Natürlich geht das", sagt Florian, nachdem er die Küche betritt.
Ich weiß jetzt nicht, ob er das aus Not sagt und weiter sucht oder ob er es ernst meint. Wenn er kein Pächter ist und das Haus besitzt, ist mein Wunsch durchaus realistisch. Als Pächter hätte er damit schon ein paar Probleme. Obwohl. Wenn ich mir die Preise in der Karte anschaue, ist das schon möglich. Der Materialeinsatz liegt bei zwanzig Prozent. Köche können das leicht beurteilen. Zumindest jene, die sich etwas mit Einkauf und Preisen auskennen. Sehr oft hören wir den Vorwurf: Du lebst davon. Trotzdem hat Keiner gesagt, die Gäste müssen das nehmen. Preise sind ein Angebot. Nichts weiter.
Heute habe ich eigentlich noch mal Glück. Ich kann bei Leo in meiner Zimmerstunde ruhen.

Im Grunde müsste ich mich nur neu einrichten.
Pünktlich um Neun abends raus und morgens, um
Zehn anfangen. Das wären elf Stunden, wenn es
gelingt. Sind Sechs und Sechzig die Woche. Die
Fahrzeit wird etwa dreißig Minuten betragen. Mal
zwei, ist eine Stunde.
„Wann ist den Ruhetag?"
„Samstag."
Bei dem Ruhetag gehe ich davon aus, wir leben
größtenteils von den Arbeitermenüs. Samstag ist zu
dem, Zimmerwechsel bei den Hausgästen.
„Für unsere Hausgäste kochen wir etwas vor. Ein
Anreisemenü."
„Wer gibt das aus?"
„Eine Nachbarin."
Ich schätze, sie ist ein Familienmitglied.
„Kann sie etwas kochen?"
„Du musst das nur vorbereiten."
„Alles klar."
Meine Zimmerstunde - heute, fällt ins Wasser. Ich
bereite noch ein paar Speisen für das a la carte vor.
Die Kollegen sind schon weg. Sie kommen siebzehn
Uhr wieder. Ich denke, sie wohnen im Ort oder in der
Nähe.
Mit der Karte in der Hand gehe ich die Vorbereitung
prüfen. Im Büro frage ich kurz, was denn so die
Renner sind. Florian druckt mir die Renner aus.
Endlich ein Kollege, der mitdenkt. Im Kassenbericht
lässt sich das leicht finden und sortieren.

„Ein Kollege hat mir das programmiert. Ich kann so
das gesuchte Journal ausdrucken."
„Danke."
Mit der Liste in der Hand, prüfe ich noch einmal. Das
Fleisch muss noch geschnitten und geklopft werden.
Im Journal ist auch die Hauptzeit sichtbar. Die hat mir
Florian mit ausgedruckt. Zwischen halb Sechs und
Sieben ist der Druck am größten. Wie scheint,
verkehren bei uns viele deutsche Touristen. Die essen
zeitiger als unsere Landsleute.
„Gibt es im Ort so viele Ferienwohnungen?"
„Ja."
Ulrike kontrolliert gerade, was ich tue. Sie hat sich
extra ein Parfüm angelegt. Joana würde jetzt zornig
schauen oder laut lachen.
„Du hast ja keine Kochhosen an."
„Die sind mir zu teuer. Die sind auch sehr schlecht
geschnitten und passen nicht."
„Ist das erlaubt?"
„Mich hat noch Keiner deswegen ermahnt."
Ich finde die Fragen etwas komisch. Mir legt niemand
ein grünes Heft mit den HACCP – Bestimmungen vor.
Darin ist lediglich von sauberer Wäsche und grob, von
Körperhygiene die Rede. Die echten
Hygienebestimmungen von früher, wurden alle
gekippt. Die gibt es nicht mehr. Das nennt sich jetzt
Eigenkontrolle. Der Dreckfink kontrolliert jetzt selbst,
ob er dreckig genug ist. Das ist doch wirklich eine
fortschrittliche Errungenschaft nach reichsdeutschen

Maßstäben. In ihrer Propaganda regen die sich pausenlos über dreckige Türken und Chinesen auf. Trotzdem gehen sie nur bei Ihnen Fressen. Weil sie dort kein Besteck benötigen.

Das Abendgeschäft ist ziemlich belebt. Mehrere hundert Essen. Den Rechnungen nach, könnte man denken, die saufen nicht mehr, die Deutschen. Bei uns saufen sie nicht. In den Kaufhallen des Landes schon. Bekanntlich ist hier der Fusel billiger als im Reich. Und wo es billig ist, kann man die Leber auch nachhaltig kurieren. In der Sonne machen sie dann aus der knallroten Nase, eine weinrote. Die leuchtet nicht so streng. Das gelbe Weiße der Augen kann man auch nachts, gut mit einer Sonnenbrille behandeln. Bei der Leber braucht es etwas länger. Zum Glück gibt es reichlich Frischlieferanten von den Schlachtfeldern des Reiches. Im Westen des Reiches ist das eine der gefragtesten Behandlungen. Die Ärzteschaft hat in den Breiten gute Erfahrungen gesammelt.

Der Feierabend ist schnell erreicht. Das flotte Geschäft lässt die Zeit schnell verstreichen. Auch die Überstunden. Florian kommt in die Küche mit drei Bier auf dem Tablett. Ich habe schon den Helm in der Hand. Ich freue mich immer wieder, noch Betriebe zu finden, die einer alten Tradition nachgehen. Dem Feierabendbier für Köche. Slavko setzt an und weg ist das Ding. Ein Schluck und ich bekomme Bedenken, das Glas würde gleich mit verschwinden.

„Trink mein Bier mit", sage ich ihm.

Florian schaut überrascht.
„Ich bin mit dem Motorrad.“
„Ach so.“
Bei der Bemerkung wundert mich auch nicht, warum ich ziemlich oft kontrolliert werde auf meinen Heimwegen. Zum Glück kennen mich die meisten Vinschger Polizisten. Die wissen bereits - ich trinke nicht.
Die Heimfahrt ist ein Genuss. Der Vinschger Wind reinigt die Luft. Der Dreck liegt jetzt in Meran und Umgebung. Kastelbell ist schön beleuchtet. Im Ort kommt mir schon wieder ein bulgarischer Lastwagen entgegen. Hat der die Autobahn nicht gefunden? Der fährt die Enge am Gasthaus Oberwirt zu knapp. Der Oberwirt hätte beinahe neu bauen können. Jetzt schaukelt der Fahrer den Kasten hin und her. Selbst um diese Zeit bildet sich in der Zeit ein Stau. Zwei Lastwagen aus Richtung Meran. Hinter mir ein Lastwagen aus Richtung Reschen. Wie scheint, will Keiner nachgeben. In knapp fünf Minuten sind die Carabinieri da. Die haben das sicher gehört. Ihr Stützpunkt befindet sich in unmittelbarer Nähe. Zum Glück. Ich hätte sonst die halbe Nacht hinter diesen sturen Deppen gestanden. Die Anwohner dieser Gegend schauen schon alle aus dem Fenster. Manche stehen schon vor dem Haus. Viele schütteln mit dem Kopf. Und ich dachte, das wäre ein Geburtsfehler in Südtirol. Jetzt weiß ich, es ist ein Verkehrsfehler.

Joana wartet auf mich. Sie ist wach.

„Wie ist die Arbeit?"

„Recht gut. Sie geben mir Zwei Acht. Fünfhundert sind für den Weg."

„Das brauchst du auch. Tank, Reifen und Durchsichten."

„Das habe ich Florian auch so gesagt. Wie geht es bei dir?"

„Ich muss mir langsam eine andere Firma suchen."

„Das glaub ich schon. Du hast schon wieder zehn Kilo verloren."

„Nur Fünf."

„Aber dein Hintern hängt schon in der Kniekehle."
Joana lacht.

„Und zieht der Arsch auch Falten, wir bleiben doch die Alten."

Die Nacht ist schnell vorbei. Immer, wenn ich in einem neuen Betrieb anfange, bin ich die ersten Tage ziemlich ausgelaugt. Eine Kollegin sagte mir mal, das läge an zu viel Input. Soll der Mensch erst mal erraten, was damit gemeint ist. Ich kann das selbst bei einem Computer nicht erklären. Wie soll ich das ins Leben übersetzen. Sagen wir einfach dazu, in den ersten Tagen ist viel zu lernen und zu beachten. Bei mir wird das in diesem Jahr langsam zur Routine. Einige Arbeitgeber erschrecken wegen der Gradlinigkeit, die sich daraus ergibt. Eigentlich ist das ein Vorteil. Es erspart uns zu viele Umwege. Der

lästigste Umweg entfällt. Das Lecken des Hinterteils des Chefs.
Am kommenden Morgen darf ich den Vinschger Lastverkehr in vollen Zügen genießen. Selbst in den Tunnels herrscht schwerer Nebel. Man könnte schon fast dazu neigen, Aufblendlicht und Nebelscheinwerfer zu aktivieren. Auf dem Zweirad ist das etwas komplizierter. Wir haben kein Nebellicht. Außerdem schlucken wir die volle Dosis an Abgasen. Das führt nicht selten, tagsüber, zu nachhaltigen Kopfschmerzen. In einem langem Tunnel am Iseosee, haben mich einmal Carabinieri mit Blaulicht auf der Gegenspur, an so einer Lastwagenkarawane vorbei geführt. Bergauf. Sie fuhren in der Schlange. Beim Passieren ihres Autos, haben sie Blaulicht gezeigt. Ich dachte, jetzt bist du fällig. Ein Irrtum, wie sich dann heraus stellte. Das erinnerte mich streng an Filme, in denen Opfer im Auto mit Abgasen ermordet werden. Das Gefühl bekommt ein Zweiradfahrer in diesen Tunnels. Einige der Tunnels gleichen einem Ofenrohr, das zum Schornstein führt.
In dem Fall, ist es vielleicht angebracht, den Tunnel recht zügig zu passieren. Leider spielen da nicht Alle mit. Die typischen Strichfahrer sind angesagt. Auch auf der Gegenspur lassen sich Manche dazu verleiten, direkt auf den Zweiradfahrer zu zuhalten. Neid und pure Dummheit darf auch hierzulande Auto fahren. Von roten Nasen und gelben Augen mal abgesehen. Wehe, denen schmerzt der Kopf. Da saufen sie zwei

Liter vom Sauersten, den der Keller zu bieten hat. Auf
Ex. Ich frage mich manchmal, warum sich die
Kamikaze - Fahrer nicht an irgendeine Front begeben,
an der sie massenhaft Menschen umlegen können.
Ganz legal. Dort bekommen die auch kostenlos zu
Saufen und zu Kiffen. Die Hinterbliebenen jeden
Alters, dürfen sie dort auch ficken. Zu Hause wird
ihnen dafür sicher kein Prozess gemacht. Im
Gegenteil. Die Chance wächst, mit einem Denkmal
oder gar den Nobelpreis geehrt zu werden. Zu Hause
ist das ein einfacher Mordversuch. Ich filme das schon
seit geraumer Zeit. Eigentlich fahre ich immer mit
Knieschützern. Ein tausend Euro teurer Seitenspiegel
wäre mir schon Genugtuung. In vielen Fällen, ist der
Seitenspiegel das Teuerste am Auto.
Kaum bin ich da, treffe ich Konrad, meinen Kollegen.
Ich denke, er will seine Unterlagen holen. Nein. Er hat
über reagiert und will zurück kommen.
Wahrscheinlich ist ihm bewusst geworden, wie
schwierig eine Arbeitsplatzsuche ist. Vielleicht hat er
auch etwas Mietdruck oder eine Frau, die im nächsten
Cafe gern sein volles Konto verwaltet.
Florian fragt mich, ob ich bei ihm Zweiter Koch sein
möchte.
„Gerne. Das hat nur einen Nachteil. Slavko ist der
Zweite.“
„Dann haben wir eben zwei Zweite Köche.“
„Ich bezweifle, dass das gut geht.“

Eigentlich nicht. In vielen Küchen gibt es zwei Erste oder zwei Zweite Köche. Das drückt eben etwas auf das Portemonnaie des Wirtes. Mir wäre das egal.
„Das schaffst du für Zwei Acht pro Monat?", frage ich nach.
„Für das Geld kann ich das nicht."
„Dann will ich Eins Acht plus Fünfhundert – Weg."
Und schon wären wir bei dem Gehalt von Leo.
„Ich muss mir das überlegen. Du hörst von mir."
Den letzten Satz habe ich schon sehr oft gehört bei uns. In Amtsdeutsch übersetzt, heißt das, die Probezeit nicht bestanden.
Die Suche geht weiter. Ich könnte jetzt eigentlich Gottes gläubig werden. Weil ich noch keine Klamotten und Werkzeuge mitgenommen habe. Ich müsste jetzt schon überlegen, wo ich überall meine Sachen suchen kann. Ich hätte wochenlang zu tun, die wieder zusammen zu suchen. Denn im heiligen Land der Südtiroler wird fleißig geklaut. Die stille Eigentumsübertragung gehört hier zur Grundnorm. Also, weiter suchen. Es gibt noch Firmen in meinem Register, die mir geantwortet hatten. Trotzdem rufe ich sicherheitshalber den Rudi an. Rudi ist ein Arbeitsvermitteler aus Brixen.
„Ich suche schon wieder. Gib mir mal bitte Bescheid."
Auf dem Amt kann ich mich noch eintragen lassen. Der Gang macht mir immer besonders viel Mühe. Dort wird mir mit Schulungen gedroht oder gar mit Umschulungen. Zu was wollen die einen gelernten

Gärtner, Gleisbauer, Bergmann und Meisterkoch
umschulen? Zu einem Bettler? Ich bin der festen
Überzeugung, die beherrschen ihren Beruf nicht
annähernd so gut, wie ich einen meiner Berufe.
Die Umschulungen sind also Alibiveranstaltungen.
Damit soll die Arbeitslosenstatistik verschönert
werden. Komisch. Als ich nach fragte, ob sie mir einen
Sprachkurs für Italienisch anbieten können,
donnerten gleich die Rechnungsbeträge über den
Schreibtisch. Der Arbeitslose soll einen
kostenpflichtigen Sprachkurs belegen. Dann kann ich
mir ja meine Arbeit gleich kaufen gehen. So, nach der
Devise: Biete für acht Tausend Euro einen Arbeitsplatz
als Apfelpflücker.
Wenn sich daran nichts ändert, wird es sicher nicht
lange dauern und die Saisonkräfte reisen in Caravans
an. Das bekommen die Südtiroler von einigen
Vorbildern bereits vorgeführt. Ich bin mir sicher, das
gefällt einigen Vertretern hier.
Das kommende Telefonat führt mich wieder in eine
Betriebskantine. Eine Mensa. Ich soll mich vorstellen.
Eigentlich kennen wir uns. Meine letzte Beschäftigung
da wurde aber von dem, der jetzt sucht, beendet.
Nicht aus Böswilligkeit. Nein. Man hat die
Beköstigung ausgeschrieben. Und das hatte mein
damaliger Arbeitgeber verloren. Nicht der. Ich. Jetzt
bestünde die Möglichkeit, es wieder zu tun. Ich fahre
also ins schöne Eggental. Die Ausfahrt tut mir gut.
Nicolo, der Chef, erwartet mich schon. Sein Hotel, das

ich noch von einer früheren Bewerbung her kenne, ist jetzt größer und sehr viel schöner geworden. Mir bleibt fast der Mund offen stehen.

„Du hast aber sehr schön gebaut."

„Sehr teuer."

Das erste Mal höre ich bei uns - sehr teuer. Und das dürfte wohl eine berechtigte Feststellung sein. Der alte Gasthof wirkte auf mich wärmer. Einladender. Ob jetzt Neubauten in Naturschutzgebieten der richtige Weg sind, überlassen wir der Kundschaft und der Landesregierung. Leider. Die richtige Kundschaft wäre mit dem Gasthof zufrieden. Jetzt treffen sich bei Nicolo, Heuchler und ihre Begleitung. Die wollen nicht im Bach baden, sondern in einem Pool. Komisch. Der Pool ist leer und unbenutzt.

„Dein Einsatz ist kurz. Eine Urlaubsvertretung. Ich schaffe das nicht allein."

„Wo?"

„Du hast die Wahl. Vezzan oder Klausen."

Wegen der Hotelvergrößerung steht Nicolo jetzt etwas unter Druck. Er hätte einen Koch von seiner Küchenmannschaft schicken können. Der übliche Urlaub unserer Südtiroler Landsleute im Juni, hat ihm da einen Streich gespielt. Keine Köche. Der Papa steht in der Küche und kocht.

In mir reift der Gedanke, für diese Zeiten und Umstände, mich als Mietkoch anzubieten. Meinem Alter und der Erfahrung entsprechend, würde das funktionieren. Das sagen mir auch befreundete Wirte.

„Mach das.“
Der Gedanke ist gut, hat aber einen Fehler. Es gibt
bereits Arbeitsvermittler bei uns. Die leben von der
Personalbewegung. Das wären bei der Umsetzung
meiner Idee, sicher nicht meine Freunde wie bisher.
Ich muss das überschlafen.
„Was sagst Du?“
„Geh nach Klausen. In Vezzan koche ich. Das hilft mir
schon.“
„Was gibst Du?“
„Tarif.“
Naja. Das ist zwar bescheiden für den Aufwand, aber
für Freunde geht das schon mal. Sofern ich diese
Beziehung als Freundschaft bezeichne. Mir geht es
aber darum, Kollegen in Klausen wieder zu sehen. Ich
möchte auch gern sehen, wie sich der Betrieb
entwickelt.
„Gibt es Fahrgeld?“
„Ich muss sehen.“
Allgemein bedeutet das – Ablehnung - hier zu Lande.
Das heißt, ich bezahle die Rettung. Wenn mir das
Jemand, nach meinem endgültigen Abtritt, auf den
Aschekasten graviert, wäre ich dankbar. Ich schätze
aber, dafür die falschen Ansprechpartner zu finden.
Den kommenden Morgen darf ich also mit Joana
aufstehen. Der Einsatz soll eine Woche dauern. Es
kann aber kürzer werden. Der Kollege hat nur eine
Woche Urlaub genommen. Und die Hälfte ist schon
vergangen.

Die Einstellung entlastet mich nicht von der Suche nach Arbeit. Sie gibt mir nur einen leichten Aufschub. Zu Hause angekommen, gebe ich natürlich wieder um die einhundert Kopien meines Lebenslaufes bekannt. Mittlerweile kürze ich meinen Lebenslauf wie unsere angeblichen Politiker. Umschreiben muss ich nichts. Das ist das alleinige Vorrecht unserer Diktatoren. Kriminelle haben immer Etwas zu verbergen. Bei Manchem kommt dabei ein Lebenslauf heraus, der von einem anderen Lebewesen zu sein scheint. Für Bewerbungen in unserer Gastronomie ist diese Art Lebenslauf ungeeignet.
Entsprechend den Empfehlungen einiger Arbeitsvermittler, soll ich nicht zu viel in den Lebenslauf schreiben. Also, soll ich Lebensläufe schreiben wie unsere Politiker. Seltsamerweise kann ich aber mit so einem Lebenslauf keine Arbeit erklären. Erfahrung schon gar nicht. Natürlich entsteht bei der Bewerbung der Eindruck, ich hätte den Willen, viel zu wechseln. Das wird auch häufig angesprochen. Leider ist für einen Wechsel selten der Arbeiter verantwortlich. Ich warte eigentlich nur auf die Aussage meines Chefs, ich solle bitte die kommende Saison wieder bei ihm erscheinen. Bei der Bewirtung ist nicht entscheidend, wer die Arbeitskräfte zahlte. Entscheidend wird wohl eher sein, wer die Gäste bekocht, bedient, die Zimmer und die Toiletten putzt. Die Bezahlung des Dienstes ist wohl eher die Einlösung einer Schuld. Ich kenne sehr

viele Chefs, die das genau so sehen. Anstand, nennt sich das. Ein ziemlich gefragtes Gut bei unseren Gastronomen in unserer neuen Heimat. Könnte es sein, Gastronomie und Schulden ruinieren den Charakter? Unsere Gäste werden das selten spüren. Ihnen gegenüber, wird etwas Freundlichkeit aufgesetzt. Man trifft sich gern auf der Ebene der Lüge. Die Lüge als Freizeitsport.
Ich gehe mit Joana zusammen ins Bett. Wieder eine der seltenen Gelegenheiten, zusammen zu träumen. Die Aufregung verhindert das Einschlafen. Kurz nach dem Einschlafen klingelt schon wieder der Wecker. Langsam gefällt mir der Rhythmus. Im Bett keine Ruhe und auf Arbeit - schlafen. Hauptsache, ich bin auf dem Arbeitsweg wach genug. Der führt mich natürlich über die Autobahn gen Norden. Und was da um diese Zeit abläuft, kann mit Reise oder Ausfahrt nicht beschrieben werden. Eher mit Hass und Krieg. Je mehr Touristen aus dem Norden bei uns sind, desto hässlicher ist der Umgang. Die sind im Urlaub. Und genau das, merken die nicht. Ich kann mir gut vorstellen, wie die sich auf Arbeit lieben. Die Moral scheint eher gemeinem Verrat und gemeiner Heuchelei zu gleichen. Arbeiten tut da Keiner. Die beobachten sich untereinander und verpfeifen sich, wo sie können. Genau dieses Abbild, steht vor uns im Stau auf der Autobahn. Feiglinge in Stahlkarosse. Glauben Sie nie, ein solcher Vertreter würde Ihnen seine Schuld an einem Unfall eingestehen. Würden

Sie das selbst auch? In einem Lügensystem? Und genau dort sehe ich den gewaltigsten Unterschied zur DDR. Dort wurde der Schaden nicht geteilt. Nein. Unsere Behörden ermittelten den Schuldigen. Hier macht das Keiner. Die wollen in ihrem Beischlaf nicht gestört werden.

Wie auf der Landstraße, wird auch auf der Autobahn großer Wert auf die Behinderung von Zweiradfahrern gelegt. Die Autobahn hat aber einen Bereich, der auf Landstraßen nicht zu finden ist. Den Randstreifen. Und genau der ist meine Garantie für Pünktlichkeit. Westbeamte auf ihren Reisen in den Süden, finden auch dort genug Anlass, ihren psychischen Störungen freien Raum zu geben. Sie stellen sich breitärschig in den freien Raum. Fast wie im Büro. Dort drücken sie mit ihrer Dummheit und dem breiten Arsch die Kollegen in die Ecke. Auf der Autobahn scheut sich das Gesindel nicht mal vor Berührungen. Wer an der Quelle sitzt, kann auch die Unfallberichte schönen. In der Stube findet sich sicher auch ein Zeuge, der um seinen Arbeitsplatz fürchtet.

In Klausen angekommen, habe ich es nicht weit zu meinem Arbeitsplatz. Die Schranke vom Betriebsgelände ist unten. Hupen mag ich nicht um diese Zeit. Ich drücke das Lichtsignal. Zwei, drei – vier Mal. Die Schranke öffnet sich. Die Pförtnerin steht am Fenster und winkt. Wir kennen uns von meinem letzten Einsatz. Vorgestellt haben wir uns nie. Das wird sicher auch dieses Mal ausfallen. Witziger Weise,

wissen Alle, wie ich heiße. Das Gegenteil bleibt mir oft erspart. Anonym trifft Sklave. Freundliche Mitmenschen hingegen, stellen sich sofort mit Namen vor. Das hilft mir bisweilen beim Filtern meiner Kontakte. Jetzt brauche ich nur noch ermitteln, welche Freundlichkeit aufgesetzt ist und welche nicht.
In das Schloss muss eine Karte eingeführt werden. Ich habe keine. Eine Klingel gibt es dort. Die drücke ich. Und schon kommt eine Gruppe auf dem Weg zum Kaffeeautomaten. Ich drücke mein Gesicht dicht an die Scheibe der Tür.
„Der Karl ist da", höre ich.
Sofort springt die Tür auf und die Hände fliegen mir zum Gruß entgegen. Ein Kollege steht schon mit dem Kaffeebecher in der Hand vor mir. Er hält mir den hin.
„Deiner, Karl. Guten Morgen."
Das ist sie, die echte Südtiroler Gastfreundlichkeit. Genau die, werden Touristen selten oder nie zu sehen bekommen.
Ich erinnere mich nur minimal an die Arbeitsabläufe. Bei den Kollegen muss ich erfragen, wann – was zubereitet wird. Ich will so wenig wie möglich Fehler machen. Das gibt in aller Regel ziemlich viel Ärger. Nicolo hat mir im Lager glücklicher Weise eine Liste hin gehangen. Darauf steht der Tagesablauf. Jetzt bin ich froh. Ohne den Tagesablauf kann kein Koch den Tag richtig organisieren. Zuerst ist das Frühstück zu richten. Die Arbeiter bekommen ein recht gutes

Angebot. Von Suppe bis zu belegten Broten und Ei, ist alles dabei.

In die Zeit des Frühstücks fällt auch der Schichtwechsel. Es kommen sicher auch Kollegen,die ich auf der Autobahn schon überholt habe. Die müssen sich im Auto leider mit dem täglichen Stau abfinden. Gerade hier kommt die Überlegenheit des Zweirades zur vollen Entfaltung. Bei uns im Vinschgau, so und so. Im Jahresdurchschnitt würde sich mein Arbeitsweg um die halbe Zeit verlängern. Ich rede von Freizeit und Lebenszeit. Für die, welche ihr Leben gern im Auto verbringen, mag das schön sein. Mir ist die Zeit mit meiner lieben Frau wichtiger. Ein Koch sieht eh zu selten die Sonne.

Wie bereits gewohnt, bin ich gegen halb Zwei fertig. Eine Vorstellung habe ich im Eggental vereinbart. Ganz Oben. Im Rosengarten direkt. Dort führt eine Seilbahn hin. Und am Ende der Seilbahn, gibt es eine Hütte. Genau dort soll ich mich melden.

Nach der Auffahrt in Klausen wird mir schnell klar, die Wahl der Autobahn um diese Zeit, ist kein Lottogewinn. Alles steht. Mir geht schon durch den Kopf, die Vorstellung für heute abzusagen. Der Randstreifen soll mein Retter werden. Also, rechts neben dem Stau fahren und in Bozen Nord, abfahren. Für Geld. Kostenlos ist der Weg wegen des Staus auch nicht. Bezahlt ist bezahlt.

Jetzt gilt: Wer hat, der kann.

Ich komme gut voran. Beendet werden sollte der Durchritt nach unzähligen Hupkonzerten und Beleidigungen auch. Ein Deutscher Beamter war der Meinung, mich auf diesem Streifen behindern zu müssen. Er fuhr kurz vor mir Rechts raus und sperrte diesen Teil der Autobahn. Schade, ich habe seine Nummer nicht aufgeschrieben. Den hätten wir hungern lassen. Wenn ich ein Polizist auf dem Zweirad gewesen wäre, wäre dieser Trottel zu Fuß auf dem Nachhauseweg. Das ist eine Notspur. Ein aufmerksamer Slowenischer Lastwagenfahrer hat dem Reichsbeamten gezeigt, wie das auf unseren Autobahnen funktioniert. Er hat seinen Lastwagen so lange nach Hinten bewegt, bis sich sein Rückspiegel verabschiedete. Im Nu räumte er das Feld. Schade. Wäre ein vergleichbarer Reichsbeamter hinter ihm gewesen, sähen wir heute wieder ein oder zwei Stück Schrott auf der Autobahn. Der Fahrer des Camions hupte mir laut zu und wedelte freundlich mit der Hand aus seinem Fenster. Auf dem halben Weg traf ich eine Streife der Carabinieri. Sie winkten freundlich. Einer der Polizisten zeigte mir ein O mit dem Zeigefinger und dem Daumen. Ich weiß zwar nicht, was das bedeutet. Soll ich vermuten, Tutto Ok? Sicher. Sonst hätte er mich aufgefordert, in seine Haltemulde zu fahren. Die Fahrer der Camions vor dem Slowenischen Kollegen hupten mir auch nach und winkten aus ihren Fenstern. Einige standen am Seitenrand, auf dem ich lang fahre und applaudierten.

Mit fehlte nur noch eins. Ein Grill mit ein paar Fahrern dabei. Auch das, durfte ich schon beobachten.
Ziemlich kurz vor der Ausfahrt Bozen Nord, sah ich die Ursache. Ein SUV mit Campinganhänger wollte wahrscheinlich einen Lieferanten überholen. Und das im Überholverbot für diese Fahrzeugkombination. Der kann sich ganz sicher von dem Gespann verabschieden. Ich weiß jetzt nicht, ob Deutsche Versicherer für grobe Dummheit einen Aufschlag berechnen. Der hat es sicher verdient. Die dreifache Rate wäre da wohl angemessen. Vielleicht sollte man die Versicherungssumme mit einem Intelligenztest verknüpfen. Drei Viertel des Reiches würde damit sicher das Doppelte bezahlen. Hoch lebe der Radsport. Selbst bei dieser Fortbewegungsart, beklagen wir jährlich Deutsche Opfer. Wie scheint, ist selbst das zu viel Anspruch. Bliebe vielleicht nur noch das Wandern. Und genau diese Bewegung, beschert uns auch reichlich Deutsche Opfer. Am besten, die bleiben zu Hause. Zuerst würde ich an ihrer Stelle, Benehmen lernen. Dann ist auch die Voraussetzung gegeben, unter Aufsicht in einem Laufgitter, Bewegung zu lernen.
In Richtung Rosengarten ist Stau. Im Eggental ist das keine Seltenheit. Trotzdem die Straße recht gut ausgebaut wurde. Es gibt aber recht gefährliche Ecken dort. Und da kracht es regelmäßig. Vor allem berühren sich dort die Kurvenschneider. Die Straße liegt voller abgefahrener Spiegel. Das Tal ist recht

beliebt bei Motorradfahrern. Man könnte fast den Eindruck bekommen, das Tal lebt von Motorradfahrern. Viele Gruppen treffen sich dort. Sie übernachten in dem Tal. Das Tal ist dann der Ausgangspunkt für Touren in die Dolomiten.
Um in die Hütte zu gelangen, muss ich den Nigerpass benutzen. Die Straße ist in einem üblen Zustand. Schrittgeschwindigkeit ist angesagt. An den großen Parkplätzen suche ich mir eine Stelle, auf der ich das Motorrad abstellen kann. Ausgerechnet die Stellen stehen aber voller Autos. Die Targas sind aus Italien, Deutschland und den Alpenländern. Der Lift ist ein Sessellift.
„Ich muss zu einer Vorstellung in die Hütte.“
„Dann nimm Platz. Die erwarten dich schon.“
„Gibt es sonst noch Betriebe hier, die Köche suchen?“
„Aber sicher. Nur ein paar Meter von hier findest du sicher Arbeit.“
Am Lift herrscht ziemliches Gedränge. Der Liftwärter stellt sich vor die Leute, die sich vordrängen wollen.
„Der Mann muss vor ihnen hinauf.“
„Warum den das? Wir waren eher da.“
„Der Man muss auf Arbeit.“
„Wir haben bezahlt.“
„Zeigen sie mir mal ihre Karte.“
Inzwischen kann ich Platz nehmen und hinauf fahren. Oben angekommen, muss ich aus dem Sessel springen. Die Leute vor mit gehen nicht bei Seite. Sie bleiben stehen wie Mondkälber. Ein Liftwart zieht sie

weg. Ich hätte sie sonst angesprungen. Mir fällt
schwer, zu entscheiden, was besser ist für die Zwei.
Wer so stehen bleibt, sucht sicher den Grund für
einen Krankenhausaufenthalt.
Der Küchengang ist leicht zu finden. Von Küche kann
eigentlich kaum die Rede sein. Sagen wir Loch dazu.
Der Dunst ist unerträglich. Das Kaffeegeschäft läuft
gerade. Strudel und Kuchen hausgemacht, steht auf
dem Schild. In diesem Haus ist der Kuchen sicher
nicht gemacht worden. Dafür hat die Mannschaft
weder die Zeit noch den Platz. Ich schätze, die Hütte
ist ein Ableger eines Restaurants oder einer anderen
Hütte.
Der Chef zeigt mir die Hütte. Auch die Küche. In
seinen Augen sehe ich Zweifel. Der glaubt sicher, ich
schaffe das nicht. Komisch. In meinen Unterlagen
steht, wo ich bisher gearbeitet habe.
„Wir melden uns. Gib mir mal deine Telefonnummer.“
„Meine Telefonnummern stehen in der Bewerbung.“
Der hat die wahrscheinlich noch nicht mal gelesen.
Was will ich hier? Der sucht doch keinen Koch.
Vielleicht sucht er einen Abspüler.
In einer Hütte macht der Koch eigentlich Alles. Er
kocht und wenn er Zeit hat, geht er eben Geschirr
abtragen. Mir wäre das nicht neu. Vielleicht bin ich
ihm nicht schön genug. Mich fragt Keiner, ob ich
einen Kaffee oder etwas trinken möchte. Für eine
Hütte ist das schon ungewöhnlich. Auf alle Fälle, höre

ich nicht Einen, Deutsch reden. Vielleicht bin ich deswegen falsch hier. Ich weiß es nicht.

Im Sessellift schaue ich auf mein Telefon. Wer hat mich angerufen? Ich muss schnell die Nummer recherchieren. Obereggen. Gut. Ich rufe zurück.

"Wir suchen einen Koch."

„Mit wem spreche ich?"

Ich weiß es. Trotzdem möchte ich das aus dem Mund meines Gesprächspartners hören.

„Ornella aus dem Bergunfall."

„Sie rufen für Bruno an?"

„Ja."

„Hat er schon wieder einen Koch raus geschmissen?"

„Nein. Der Koch ist verunglückt."

Irgendwie kommt mir das bekannt vor. Bei Bruno waren es in letzter Zeit immer Arbeitsunfälle. Das scheint ein gefährlicher Arbeitsplatz zu sein.

„Wann braucht er mich denn?"

„Kommende Woche."

„Das wäre dann ein Arbeitsunfall mit Vorhersage."

„Nein. Der Koch hat gekündigt."

„Aha. Sag bitte Bruno, bei mir liegt nichts an. Ich komme."

„Danke."

Ich frag mich jetzt, wer sich bei mir bedankt. Ornella oder Bruno. Ornella ist das zusätzliche Rückreisegepäck eines Brasilienurlaubs von Bruno. Das muss ein ziemlich großer Koffer gewesen sein.

Über die Leidenschaft Brunos muss ich mir also keine Gedanken machen. Das hätte er auch zu Hause haben können.
Jetzt geht es nach Hause. Das wird eine schnelle Nachtruhe. Bei den Nachrichten, die bereits jetzt schon anliegen, gibt es noch viel Arbeit.
Joana erwartet mich schon.
„Du bist aber zeitig fertig heute.“
„Und du zu spät. Was ist los?“
„Ich war noch im Eggental. Bewerbungen.“
„Das klingt gut. Und?“
„Ab kommende Woche.“
„Sonst nichts?“
„Ich soll auf Anrufe warten.“
„Du wartest doch noch auf Anrufe vom letzten Jahr.“
„Tja. Die sind eben leicht vergesslich. Ich nicht.“
In den Emails steht, deutsche Motoristi wollen mich zu einem Giro einladen. Mit denen bin ich schon einmal gefahren. Beim letzten Mal waren Typen dabei, die ich als Beamte erkannte. Die hatten Etwas gegen einen DDR Führer. Das brachten die auch unverhohlen zum Ausdruck. Sie versuchten, mich mit ihren Propagandakram zur Weißglut zu reizen. Ihnen hat nicht geschmeckt, als ich ihnen erklärte, sie leben von dem Geld, welches sie uns geklaut haben. Einer war dabei, der sich glatt als Ostdeutscher ausgab. Und das mit schwäbischem Dialekt.
Geld für die Führung haben sie keins bezahlt. Kaffee von mir nahmen sie gern. Ausgeben wollten sie

keinen. Meine Führungen, die ich stets gemütlich
angehe, fanden sie zu langsam. Sie wollten Rammeln.
Dabei sollte ich ihnen wahrscheinlich beibringen, wie
wir hierzulande die Kurven anfahren. Sie selbst,
konnten das nicht, wenn ich ihnen nachschaute.
Das können die doch auch in ihren Gewerbegebieten
und auf ihren Autobahnen zu Hause üben. Wenn
ihnen der Ausblick nichts bringt, was wollen die dann
hier? Auf alle Fälle, haben sie mich mit typisch
westdeutschen Gewohnheiten gelangweilt. Bevor wir
ein Restaurant betraten, standen die tatsächlich eine
halbe Stunde davor und studierten deren Speisekarte.
Die fanden tatsächlich einen Preisunterschied bei
Nudeln. Nur den an der Tankstelle, den fanden sie
nicht. Ich sollte ihnen wahrscheinlich jene Tankstellen
zeigen, die ich bevorzuge. Auf alle Fälle, war mit
Denen kein Gespräch möglich. Ich existierte für die
nicht. Mit Denen wollte ich natürlich keine Giro
drehen. Und das schrieb ich zurück.
Der Morgen war entsprechend klebrig. Schon das
Aufsteigen auf das Moto fiel mir schwerer als sonst.
Irgendwie kommt es mir auch ziemlich frisch vor. Bei
den Temperaturen muss ich etwas langsamer fahren.
Die kalte Luft scheint wirklich jeden offenen Schlitz zu
finden. Der Betrieb auf der Autobahn ist heute
erträglich. Ich könnte fast spazierend fahren. Die Luft
ist gut. Eigentlich eine Seltenheit auf dieser Autobahn.

Der zweite Tag ist recht zügig vorbei. Bei einem Gespräch erkläre ich Nicolo, er solle lieber in mobile Geräte investieren. Nicolo muss lachen.

„Die Geräte hier sind nicht meine. Ich investiere nur in mobile Geräte.“

Das freut mich ungemein. Endlich treffe ich einen Kollegen, der sein Handwerk versteht. Nicolo zahlt mich wieder aus. Ich frage nach einer Prämie. Er zückt noch ein Scheinchen. Das reicht wenigstens für den vollen Tank.

„Wenn du mich wieder brauchst, rufe an.“

Bei mir liegen zwei Bewerbungen an. Eine ist in Brixen und die andere wieder im Eggental. Nach Brixen nutze ich gleich die Landstraße. Um diese Zeit rechne ich mit wenig Verkehr. Das stellt sich schnell als Irrtum heraus. Allein auf diesem Abschnitt von keinen zwanzig Kilometern, treffe ich auf drei Baustellen. Vor jeder Ampel steht ein Stau. Natürlich fahre ich immer bis an die Ampel, um dort wenigstens der Erste zu sein, der durch die Baustelle kommt. Ein Deutsches Auto fährt vor mir Links raus. Er will mir den Weg versperren. Zum Glück sind im Gegenverkehr zwei Lastwagen mit Steinen. Die müssen sicher zu den Baustellen. Und schon zuckt der Deutsche schnell zurück. Er hat sogar etwas Glück dabei. Ein Landsmann wollte die Lücke gleich schließen. Jetzt entsteht durch diesen klugen Autokutscher ein Stau, der sich gewaschen hat. Er muss rückwärts in seine Reihe zurück. Das wird zum Problem. Seine

Vorderfront versperrt dem Kipper den Weg. Bei der Gelegenheit frage ich mich oft, was diese Ochsen treibt in ihrem Urlaub. Sicher ein IQ von weit unter Vierzig. Die Leute hätten in der DDR nicht mal die Hilfsschule abgeschlossen. Und das, bei unseren wirklich gut geschulten Lehrern. Dem Inhalt des Autos nach zu urteilen, arbeitet dieser Kutscher in einem kirchlichen Altenheim. Der Kasten hängt voller Kreuze und Utensilien, die in solchen Einrichtungen zu Hauf benutzt werden. Gottes Hilfe reicht nicht bis auf Südtiroler Baustellen. Komisch finde ich die Größe des Autos. Offensichtlich ist das an den Bewohnern dieser Einrichtung eingespart worden. Da soll Einer sagen, an unseren Senioren wäre kein Geld zu verdienen. Verdienen ist vielleicht der falsche Ausdruck. Das Sprichwort, aus unseren Betrieben ist noch mehr raus zu holen, können wir getrost auf die Senioren in den Heimen anwenden.
In Obereggen angekommen, betrete ich die heiligen Hallen des Foyers. Kein Mensch ist da. Wir haben gerade telefoniert. Da erwarte ich doch einen leichten Empfang. Selbst Ornella ist nicht zu sehen. Ich könnte jetzt die Rezeption ausräumen. Oder das Büro dahinter. Bruno verlässt sich auf sein Videostudio. Mich beobachten immerhin sechs Kameras.
„Bei mir gibt es keinen toten Winkel", hat er mir früher erzählt.
Ich suche weiter. Im Garten, nichts. Jetzt sehe ich das Schwimmbecken. Nichts. Am Ende des

Schwimmbades befindet sich die Sauna und ein Whirlpool. Ich höre leichtes dämliches Quieken. Eher ein lüsternes. Bruno mit seiner tiefen Stimme spricht ein paar beruhigende Worte. Die Saunatür springt auf und die Zwei kommen splitternackt angerannt und springen förmlich in den Whirlpool. Mir rollen die Augen bei dem Anblick des braunen Hinterteils von Ornella. Jetzt kann ich Bruno wirklich verstehen.
„Ah. Du bist es. Ornella bringt dir einen Kaffee.“
Der will mich tatsächlich reizen.
Ornella steigt ruhig aus dem Pool und geht so wie sie ist, recht langsam und aufreizend zur Kaffeemaschine. Dort hat sie einen Bademantel liegen. Den zieht sie sich an. Ehrlich gesagt, hätte sie sich das Teil sparen können. Der Bademantel war fast durchsichtig. Der Bruno weiß schon, was er verschenkt.
„Unsere Küche kennst du ja. Der Koch hat gekündigt.“
„Hat sich irgend Etwas verändert?“
„Wir kochen jetzt auch einen kleinen Mittagstisch.“
„Eine Kleinigkeit oder volle Teller?“
„Eher eine Kleinigkeit. Du kannst mir mal so ein Angebot erstellen.“
„Soll ich dir das per Email schicken?“
„Mach das.“
„Wann geht es los?“
„Kommende Woche.“
„Du hast doch aber schon geöffnet.“
„Das macht noch der alte Koch.“

„Kann ich mal in die Küche schauen?“
„Geh ruhig. Mirko erwartet dich schon.“
Ich gehe in die Küche. Mirko sieht abgearbeitet aus.
Nach der Begrüßung gesteht er mir den Grund.
„Ich baue ein Haus.“
„Bist du schon fertig?“
„Ich habe es fast geschafft.“
„Aber dann drücken ja die Schulden.“
Das beantwortet Mirko nicht. Wahrscheinlich hat die
Familie investiert. Ich weiß es nicht.
„Ich kann also jetzt meine anderen Bewerbungen
absagen?“
„Ja.“
„Bist du dir sicher?“
„Absolut.“
„Viel Glück. Tschüss.“
Auf der Heimfahrt muss ich noch in Welschnofen
vorbei. Dort habe ich einen Termin vereinbart.
Ich stelle mich in Welschnofen vor. Eine schöne Frau
im mittleren Alter empfängt mich. Sie macht einen
fleißigen Eindruck auf mich. Fachlich ist sie ziemlich
kompetent.
„Kann ich eventuell mal die Küche anschauen?“
„Gerne.“
Wir gehen zusammen in die Küche. In dem Betrieb
habe ich schon einmal ausgeholfen. Die junge Frau
scheint das entweder vergessen zu haben oder sie
lässt es sich nicht anmerken.
Die Küche sieht aus wie früher.

„Gebaut habt ihr aber nichts.“
„Das ist momentan zu teuer.“
„Das muss nicht teuer sein. Es benötigt keine Tausend Euro. Es fehlen nur ein paar Zustellgeräte.“
„Was wäre das?“
„Ein oder zwei mobile Bain Maries und ein oder zwei Induktionsplatten.“
„Wir haben aber nur begrenzte Kilowatt zur Verfügung.“
„Da müssen wir eben kochen, wenn Keiner in der Sauna sitzt.“
Wie üblich, möchte man viel bieten. Dabei werden oft die Grundinstallationen samt Kosten unterschlagen. Strom sparen ist jedenfalls keine Gästegewohnheit. In vielen Hotels wurde dafür ein computergesteuertes Energiemanagement eingesetzt. Mit diesem Programm lassen sich Spitzenzeiten und Energiezuweisungen steuern. Natürlich gewinnt der Gast. Das Essen ist wahrscheinlich zweitrangig. Denkt man. Dabei steht eigentlich Alles in den Bewertungen der jeweiligen Hotels. Das Essen ist dabei oft der Grund für schlechte Bewertungen. Gleich nach den Zimmern.
„Unser Koch möchte gehen. Das hat er uns gesagt.“
„Geht er oder nicht, ist die Frage.“
„Gekündigt hat er noch nicht.“
„Aber ich muss auch ein Geld verdienen. Wer bezahlt mir die Bereitschaft?“
„Bereitschaft?“

„Sonja. Wenn ich keine Arbeit annehme, verdiene ich nichts.“

„Du bekommst doch Arbeitslosengeld.“

„Ich bekomme keinen Cent.“

„Oh. Dann geht es nicht.“

„Geb mir Bescheid, wenn er kündigt. Dann kann ich vielleicht Etwas tun.“

Wir verabschieden uns. Endlich komme ich mal wieder etwas zeitiger nach Hause. Das könnten wir feiern. Wir werden uns heute eine Pizza genehmigen. Komisch. Ein belegtes, gebackenes Fladenbrot gilt für uns schon als ein Feiertagsessen.

Eigentlich kontrolliere ich tagsüber nicht, ob ich irgendwelche Nachrichten erhalten habe. Das verschiebe ich auf abends mit der entsprechenden Ruhe. Ich benötige auch die Zeit um nachzuschauen, wer sich gemeldet hat. Oft sehe ich nur Telefonnummern. Vor allem Handys. Ich suche dann deren Besitzer. Es ist schon erstaunlich, wie anonym man heutzutage Köche sucht. Aber wehe, wir geben keinen Lebenslauf von uns bekannt. Am besten noch ein Foto der Unterhoseninnenseite. Man möchte wissen, wer mir beischläft und wer mir die Bude zu Hause putzt. Sobald ich bekannt gebe, ich fahre meinen Arbeitsweg mit einem Motorrad, wird der Tag schon trüber. Offensichtlich sollen wir Köche, zwanzig Stunden am Tag zu Gange sein. Fünfzehn auf Arbeit und fünf auf der Straße. Bisweilen wird kontrolliert, ob sich die Frau des Koches für einen Aufsprung eignet. Schließlich geht die Chefität regelmäßig zur Jagd. Die Alte zu Hause kann sich ja mit dem Kellner belustigen. Aber nur, wenn der nicht aus dem falschen Lager kommt.

Von Denen, die versprochen haben, anzurufen, liegt keine Nachricht vor. Dafür aber eine von meinen Motorradfreunden. Ich frage Joana, ob sie damit einverstanden ist, wenn ich mit denen eine Runde drehe.

„Sag ihnen einen schönen Gruß von mir."

Das klingt jetzt, wie die Anerkennung meiner Faulheit. Konrad, mein Motorradfreund aus Deutschland, will mich besuchen. Er hat ein paar Freunde mit. Sie schlafen immer in der Nähe von Fondo. In der Katzenburg.

„Ich bin schon hier", hat er mir per Email geschrieben.

„Das passt wie Arsch auf Eimer", antworte ich ihm.

„Ich habe gerade keine Arbeit. Soll ich gleich mal vorbei kommen?"

„Bis morgen brauchen wir etwas Ruhe."

Mit meinen Motorradfreunden habe ich schon oft eine Runde gedreht. Zwei Mal im Jahr. Jedes Mal waren ein paar andere dabei. Die Giros gehen für gewöhnlich immer an die Sehenswürdigkeiten Südtirols und dem Trentino. Etwas seltener besuchen wir den Veneto, die Lombardei oder gar den Friaul. Sehr selten besuchten wir den Piemont, die Emilia Romana oder gar die Toskana. Letzteres habe ich fast immer allein besucht. Dafür fanden sich kaum Mitfahrer.

Joana weckt mich, als sie geht. Normal stehe ich mit ihr zusammen auf. Das ist mein Wunsch. Oft komme ich sehr spät nach Hause. Da ist der Wunsch eher ein unerfüllter Vorsatz.

Immer, wenn Besuch kommt, ist das Wetter nicht besonders. Mitte Juni ist es meist ziemlich wechselhaft. Eine Regenkombi gehört zur Standardausrüstung.

Nach Fondo geht es wie immer über den Gampen. Sehr selten fahre ich über Profeis. Wochentags ist der Gampen mit dem Motorrad recht angenehm zu fahren. An Wochenenden ist das etwas komplizierter.

Kaum komme ich an der Abfahrt zur Katzenburg an, begegnet mir schon eine Motorradgruppe. Deutsche. Die Katzenburg ist ein heimlicher Treffpunkt der Motoristi. Frederica und Cherno sind hier die Chefs und Besitzer.

Kaum bin ich da, öffnet sich die Tür und Cherno kommt mir entgegen.

„Die sind schon weg.“

„Konrad auch schon?“

„Der ist noch Oben.“

„Ruf ihn mal runter.“

Kaum habe ich das gesagt, kommt er schon. Er sieht nicht besonders gut aus. Etwas verkatert.

„So kannst du sicher nicht fahren. Bei uns wird hart kontrolliert.“

„Heute mag ich nicht.“
Wir erzählen uns gegenseitig von den Neuigkeiten.
Das war dann der Ausflug.
Für mich ist der Ausflug aber zu kurz. Ich entschließe
mich, noch eine kleine Giro zum Molvenosee zu
drehen.
Am Molveno schaue ich auf mein Telefon. Konrad hat
angerufen und eine SMS geschickt.
„Morgen acht Uhr.“
Wenn er nicht wieder voll ist, könnte das
funktionieren. Ich lege mir schon eine Giro zurecht.
Wenn er nicht kann, fahre ich allein. Zu lange war ich
nicht am Giau. Das ist mein Lieblingspass. Das
Panorama wirkt auf mich wie vierzehn Tage Urlaub.
Nach der Enttäuschung besuche ich noch ein paar
Freunde in ihren Restaurants.
In Ponte Arche überlege ich mir, ob ich die kurze Tour
über den Toblinosee fahre. Zu lange war ich nicht bei
Matteo am Garda. Das ist eigentlich eine gute
Gelegenheit, ihn zu besuchen. Vielleicht ist er wieder
in seinem Imbiss. In der letzten Saison hat er sich
über die sehr hohe Miete beklagt. Es würde kaum
Etwas übrig bleiben zum Leben. Matteo muss
immerhin eine Familie versorgen. Angelika, seine
Frau, geht extra noch einer Arbeit nach. Die Zwei
könnten mit dem Imbiss nicht mal ihre Miete zahlen.
Und das zwingt Angelika, zusätzlich zu arbeiten.
Kaum bin ich dort, bemerkt mich Matteo. Er steht
hinter seinem Tresen. Vor ihm sind zwei Gäste. Wie es

sich anhört, komplizierte Gäste. Es klingt wie Streit. Matteo verleiht auch Surfausrüstungen. Mir scheint, am Garda kann man nur als Multiunternehmer überleben. Das Leben dort ist für Einheimische und Saisonarbeiter viel zu teuer. Sie sind gezwungen, von Früh bis in die Nacht zu arbeiten. Sind Kinder da, müssen die Großeltern helfen. Ein trauriger Zustand. Typisch für Urlaubsregionen.

„Wie fährst du nach Hause? Sag Joana einen schönen Gruß. Bringe sie das nächste Mal mit."

„Wir versuchen unser Bestes. Am freien Tag muss das Wetter passen. Sonst fährt Joana nicht gern mit."

„Komm doch mit dem Auto."

„Mit dem Auto fahren wir nicht gern in Saisonzeiten."

„Nimm die Autobahn bis Rovereto."

„Die Strecke fahren alle Deutschen, die an den Garda wollen."

„Stimmt. Wir haben täglich Stau hier."

„Über Trento und den Toblinosee ist es nicht viel anders. Dort steht Alles."

„Ich fahre die Strecke nur mit dem Motorrad."

„Mit deiner Duc?"

„Natürlich. Manchmal auch mit den Scooter."

Matteo hat kein Auto. Sein Auto gehört seinen Eltern. Die fahren nur nach der Saison damit. In der Saison rühren sie sich kaum aus dem Haus.

Matteos Eltern haben ein sehr kleines, bescheidenes Haus mit einem winzigen Garten. Einen Teil ihres Gartens mussten sie an die Gemeinde verkaufen. Das

Tourismusbüro befindet sich jetzt dort. Natürlich auch mit ein paar Parkmöglichkeiten. Die hätten Matteos Eltern gern selbst kassiert. Als Rente, so zusagen. Die Gemeinde war mächtiger.

Trotzdem hat Matteo, Recht. Ich fahre über Rovereto zurück. Über die Autobahn. Zum Glück habe ich Telepass. Auch für das Motorrad. Das ist günstiger als für Autos.

Die Heimreise dauert nicht lange. In einer Stunde bin ich zu Hause. Joana wartet schon auf mich. Matteo hat mir etwas zu Essen mit gegeben.

„Morgen habe ich frei."

„Du hattest doch erst Frei."

„Das ist schon ein Teil meines Urlaubes. Wir haben wenig Gäste."

In Dankbarkeit für den Dienst, bekommt meine Joana doch tatsächlich frei zu ihren Lasten. Der Urlaub zwischen den Saisons, wird damit kostenfrei für den Unternehmer. Schöne Wirtschaft. Wir müssen schließlich sparen für sein neues Haus, das er seinem vierten Kind von der dritten Frau kauft.

„Willst du morgen mit zu Konrad nach Fondo fahren?"

„Für was?"

„Wir machen eine Ausfahrt zusammen."

„Wenn das Wetter passt, schon."

„Wir müssen sieben Uhr aufstehen."

„Ist gut. Gehen wir schlafen."

Joana legt schon die Sachen bereit. Ihre Lederkombi, die Stiefel und unsere Getränke.

Am Morgen weckt uns wie immer das Telefon. Unser Telefonmodem können wir auch als Wecker nutzen. Das ist wenigstens laut genug und verfügt über eine gewisse Ausdauer. Der größte Vorteil ist, wir müssen zum Abstellen des Weckers, aufstehen. Früher gab es ziemlich oft Situationen, bei denen wir den Wecker auf dem Nachtisch aus stellten und weiter schliefen. Das geht jetzt nicht mehr. Seit der neuen Weckeinrichtung verschläft in unserem Haushalt, Keiner mehr.

In unserem Bad droht ein leichtes Gedränge. Wir sind es einfach nicht gewohnt, zusammen aufzustehen. Joana erklärt sich bereit, mir das Bad zuerst zur Verfügung zu stellen. Inzwischen setzt sie den Kaffee an. Reichlich. Wir nehmen eine Thermoskanne voll mit. Einem Arbeiterhaushalt ist der Besuch von Gaststätten kaum möglich. Das ist uns zu teuer. Wir trinken zwar unterwegs Kaffee. Aber oft von Automaten oder in Betrieben, die bezahlbare Preise verlangen. Ich kenne sämtliche Betriebe auf dem Weg unserer Giros. Sofern der Betreiber der gleiche ist, ändert sich auch selten etwas am Preis.

Wir fahren los. Alles ist bereit. Der Tank ist soweit gefüllt, bis wir an der nächsten Tankstelle mit einem annehmbaren Preis ankommen. Die kenne ich auch landesweit. Die Tankstellen sind bei mir Etappenziele, die ich selbst mit halb leerem Tank anfahre, um nach zu tanken. Zum Glück schickt mich die Arbeit und die Suche danach, durch das gesamte Land. Da wir die

Arbeitswege aus eigener Tasche zahlen, sind wir auf freundliche Tankwarte angewiesen, die es mit ihrem Gewinn nicht übertreiben müssen. Die Not wird, so zu sagen, von Oben nach Unten durch gereicht. Auf diese Weise ehrt sie die Bevölkerung mit wenig Einkommen, durch mehr Umsatz. Etwas mehr Arbeit müssen Arbeiter untereinander nicht befürchten.
Joana fährt nicht gern den Gampen hoch. Wir erleben dort zusammen oft ziemlich gefährliche Situationen. Vor allem mit Touristen, welche die Kurven schneiden. Oder in unübersichtlichen Kurven halten. Auch der Lastverkehr als Gegenverkehr ist nicht zu verachten. Zu oft sitzen hinter dem Steuer ortsunkundige Fahrer. Außerdem ist die Straße, stellenweise, sehr schlecht gepflegt und übersät mit Schlaglöchern.
Dummerweise sind die Schlaglöcher genau an den Stellen, die ein Zweiradfahrer zur korrekten Passage der Kurven benötigt. Joana kennt die Stellen auch. Ich spüre immer einen etwas festeren Griff, wenn wir diese Stellen passieren. Wobei ich das Zweirad in diesen Fällen als Vorteil sehe. Mit dem Auto müsste ich die Schlaglöcher direkt durchfahren. Das Umfahren ist an diesen Stellen nicht möglich.
Auf dem Pass oben angekommen, halten wir erst mal inne. Wir setzen den Helm ab, um etwas frische Luft zu bekommen. Im Tal ist die Luft zu dieser Zeit eher eine Belastung. Vor allem in den Tunnels, die wir passieren müssen. Wegen des Werksverkehrs stehen

darin die Abgase. Für Zweiradfahrer ist das, das Auschwitz des Arbeitsweges.

Vor uns liegt der Blick in Richtung Brenta. Wir können sehen, wie dort das Wetter ist. Es scheint gut zu werden. Über den hohen Bergen sammeln sich immer die Wolken. Mit der Erwärmung der Täler, steigen die auf. Hinzu kommt, die ersten Sonnenstrahlen treffen natürlich zuerst die Gipfel der Berge. Dabei entsteht eine Zirkulation. Wind. Wird der Wind kräftig genug, treibt es die Wolken weg. Bleibt er zu schwach, bekommen wir Regen. Die Wolken bündeln sich.

Kaum kommen wir an der Katzenburg an, hören wir reges Treiben in den Garagen auf der Rückseite des Hotels. Die Motorradgruppen rüsten sich zur Abfahrt. Die Gruppen scheinen in mehrere Lager zu zerfallen. Die Fahrer der Bayrischen Zweiräder bilden eine Gruppe. Sie scheinen anders zu sein. Die Fahrer der sonstigen Modelle geben ihren Ketten noch etwas Fett und kontrollieren die Bremsen. Einige sportliche Fahrer sind dabei. Junge Leute. Die setzen sich bei Zeiten auch ab und fahren los. Motoristi aus Italien, Österreich, der Schweiz und aus Deutschland sind dabei. Sogar aus der DDR. Die bilden auch eine eigene Gruppe. Mit ihnen spricht kaum einer der anderen Gruppen.

Offensichtlich reicht es schon, wenn sie an ihrem Dialekt erkannt werden. Dabei ist Sächsisch eine Deutsche Ursprache. Die anderen Dialekte sind alle importiert.

Konrad ist noch nicht dabei. Ich gehe zu Cherno. Cherno ist der Chef der Bar. Federica ist eher im Büro zu finden. Das Büro ist auch gleich die Rezeption.
„Wo ist Konrad?"
„Sicher noch oben."
Ruf den bitte mal an. Wir wollten uns acht Uhr treffen."
„Das wird schwer."
„Wieso? Haben die getrunken?"
„Natürlich."
„Bei dir?"
„Bei mir? In der Garage."
„Ach. Die trinken nicht bei dir ?"
„Nie."
„Aber essen tun sie bei dir."
„Für Zwei."
Konrad kommt. Er drückt mich. Joana auch. Unsere Beziehung ist relativ herzlich. Obwohl wir uns nur zwei Mal im Jahr sehen. Wir fahren keinen Rennen. Für uns zählt die schöne Landschaft und die Luft. Wir fahren spazieren. Wegen unseres Alters, sind die anspruchsvollen Touren eher selten. Auf dem Stilfser Joch ist Konrad hingefallen. Das ist wirklich keine Tour für Senioren. Dazu kommt, Konrad ist relativ klein. Er kommt gerade so auf das Motorrad. Eigentlich wäre für Konrad ein Chopper oder ein Scooter die richtige Wahl. Mit so einem Motorrad scheint er sich zu schämen.

Es geht los. Ich muss das Motorrad festhalten, damit Konrad aufsteigen kann. Frei nach dem Sprichwort: Ich bin über Sechzig. Bitte helfen sie mir auf das Motorrad. Cherno verabschiedet uns.

Unser erster Stopp ist eine Tankstelle. Ich zeige Konrad die preiswertesten auf unserer Tour. Allgemein fahre ich die Touren mehrmals pro Monat. Ich habe bestimmte Lieblingstouren, die ich sehr oft fahre. Dadurch weiß ich, wo sich die lästigen Baustellen befinden. Wegen der Privatisierung der örtlichen Dienste, gibt es heute drei Mal mehr Baustellen als früher. Gerade im Sommer, wuchern die Baustellen wie Unkraut. Meist wegen irgendwelchen Kleinarbeiten.

Unser erster Haltepunkt ist in Sanzeno. Dort gibt eine Tankstelle, die wirklich preiswert ist. In Selbstbedienung. Konrad staunt. Er hat bisher fast zehn Cent mehr bezahlt. Die Prozedur mit dem Aufsteigen wieder holt sich. Selbst beim Absteigen muss ich Hilfe leisten. Ich denke gerade an die Plätze, an denen ich normal einen Kaffee trinke. Unsere Italienischen Landsleute lachen sich kaputt, wenn sie das sehen. Konrad ist das egal. Joana wird herzlich begrüßt. Wir bekommen gleich eine Kritik zu hören. Ich würde zu selten mit Joana fahren.

Nach dem Kaffee ist unser nächsten Ziel - Andalo. Im Juni beginnt dort die Sommersaison. Andalo gehört zu den gut besuchten Städten. Leider ist deren Saison zu kurz.

In Andalo legen wir keine Pause ein. Konrad will gleich bis zum Molvenosee. Irgendwie hat der See einen Namen bei meinen Motorradfreunden.
Kaum sind wir am See angekommen, beginnt die Suche nach einem Parkplatz. Das klingt jetzt wie ein Witz. Mit dem Zweirad einen Parkplatz suchen. Die Plätze sind alle überfüllt. Wir finden nicht mal ein Plätzchen zum Pinkeln. Ich schätze, wir müssen etwas weiter in Richtung Ponte Arche fahren. Kaum haben wir den See hinter uns gelassen, bieten sich auch ein paar Möglichkeiten für die kleinen Geschäfte. Das kombinieren wir gleich mit einer Rauchpause. Joana verzieht auch das Gesicht. Sie muss auch einmal. Wir geben etwas Deckung vor neugierigen Blicken.
"Wie willst du zurück fahren? Über Madonna, den Garda oder über das Fleimstal?"
"Du führst."
"Ich führe? Das ist mir neu."
Wieso brauchen die Westdeutschen unbedingt einen Führer. Können die nicht aus Spaß mit Genuss eine Runde drehen? Wenn ich mit meinen Italienischen Kollegen fahre, spielt es keine Rolle, ob ich schnell vorneweg fahren möchte oder gern trödele. Ich fahre. Meist vereinbaren wir einen Treff, an dem wir gemeinsam einen Kaffee trinken oder den Ausblick genießen. Keiner wird gehetzt.
Wir entschließen uns, den Toblinosee zu fahren. Von dort geht es nach Trento. Die Landschaft und die Luft

reichen. Wir könnten sofort wieder eine Arbeit antreten. Der Erholungswert ist sehr hoch.
Mir fällt ein, Konrad den Cembrapass entlang zu führen. Er gibt keinen Widerspruch. Wir fahren den Pass. Bei einer Kaffeepause tue ich etwas, was ich sonst nie tat. Ich schaue auf das Handy. Fast wie die Leute, über die ich permanent lache, wenn ich sie im Restaurant oder in der Bahn beobachte. Von Denen ist Keiner bei der Sache. Die sind mit ihren Augen nur auf diesem Gerät. Egal, was in ihrer Nachbarschaft passiert. Krank. Das ist in meinen Augen eine Krankheit. Und ausgerechnet der Krankheit, fröne ich beim Kaffee.
Ich bin mehrmals angerufen worden. Die Nummer hatte ich mir hinterlegt. Wegen einer Bewerbung. Ausgerechnet jetzt. Jetzt soll ich springen. Die Herrschaften möchten meine Arbeit. In meiner Freizeit. Nach einer Absage. Ich rufe also zurück. Auf meine Kosten. So, nach der Methode: Du willst Arbeit, also zahle den Anruf und komme, wenn ich will.
"Karl. Sie haben mich angerufen?"
"Ich nicht."
"Ja. Aber ich habe ihre Nummer drei mal bei mir auf dem Handy stehen."
"Ich weiß nicht, wer sie angerufen hat."
"Mit wem spreche ich?"
"Mit der Rezeption."

"Sagen Sie bitte dem Anrufer, der Angerufene hat
zurück gerufen. Sie sollen mir bitte auf den
Anrufbeantworter sprechen, was sie wollen."
Mein Gott. Wir leben im Technikzeitalter. Man kann
heute eine Nachricht hinterlassen. Warum ruft mich
Jemand drei Mal an, um nicht angerufen zu haben?
Irre? Was ist das für eine Krankheit? Es kostet nichts.
"Ich bin Soundso. Ich rufe an wegen ihrer Bewerbung.
Rufen sie bitte zu der Zeit zurück."
Und diese Leute führen Geschäfte? Ich muss lachen.
Konrad kann meine Gestik kaum verstehen. Ich
erkläre ihm das. Er schüttelt mit dem Kopf. Joana ist
das schon gewohnt.
"Mit solchen Beschäftigungen haben wir in unserer
Freizeit zu tun."
"Ruf doch einfach nicht zurück."
"Ja. Aber ich muss auch Etwas arbeiten."
"Wieso? Hast du dich bei der Nummer beworben?"
"Eben ja. Vor ein paar Wochen. Ich bin damals
abgelehnt worden."
"Ja. Suchen die jetzt oder nicht?"
"Ich weiß es nicht. Die Rezeptionistin tut, als wüsste
sie von Nichts."
"Und hier arbeitest du?"
"Naja. Das ist immer noch besser als den Besatzern zu
dienen, die uns nachhaltig beklaut haben."
"Da hast du vielleicht sogar Recht."

"Ich hatte mich zu Hause schon auch beworben. Zweihundert Kilometer Arbeitsweg war das Maximum. Nichts."
"Was?"
"An einer Raststätte fragte mich ein junger Manager, ob ich cook and chill beherrsche."
"Na und?"
"Ich habe ihn zurück gefragt, was er meint und ob er mir das auf Deutsch, Russisch oder Französisch übersetzen kann."
"Und?"
"Er fragte mich, ob ich Französisch kann? Ich sagte, das ist unsere Fachsprache, in der wir ausgebildet wurden."
"Ja. Aber kennen Sie cook and chill?"
"Ich kann das Englisch höchstens übersetzen mit Kochen und Erwärmen."
"Ja. Da treffen sie den Punkt."
"Wir sind in der Gemeinschaftsverpflegung ausgebildet worden, wenn sie meine Bewerbungsunterlagen sehen."
"Dann könne sie mit großen Massen an Kunden umgehen?"
"Aber sicher. Das war der Zweck meiner Ausbildung."
"Aber hier sind das größtenteils a la carte - Kunden."
"Das spielt keine Rolle. Ich bin dafür ausgebildet worden. Wir haben das im Menütherm - Verfahren bearbeitet."
"Was ist das?"

"Ich schätze mal, cook and chill."
"Das ist mir zu hoch."
"Und mir zu weit weg. Haben sie für mich eine Übernachtungsmöglichkeit?"
"Ja schon. Wir haben ein paar Personalzimmer. Das kostet sie pro Monat einen Tausender mit Beköstigung."
"Also noch Mal ganz gemütlich. Ich gehe bei ihnen arbeiten und bezahle meine Arbeit?"
"Ja. Die Übernachtung und Beköstigung."
"Also. Ich bin Koch und muss meine Speisen abschmecken. Glauben sie wirklich, ich bezahle ihnen das?"
"Sie essen ja auch Personalessen."
"Glauben sie wirklich, ein Küchenchef, der alle Speisen des Tagesangebotes zu probieren hat, isst Personalessen?"
"Der Gesetzgeber verlangt das so."
"Das stimmt so nicht. Der Arbeitsplatz befindet sich weit außerhalb der bewohnten Gebiete. Sie zahlen entweder Kilometergeld oder bieten mir eine Übernachtung."
"Das Kilometergeld zahlen wir nicht. Das bekommen sie vom Staat."
"Ach so. Sie werden subventioniert?"
"Nein. Das ist Gesetz bei uns."
"Der Mann ist Wirtschaftsleiter in dem Betrieb, in dem ich mich beworben habe. Mein Vorgesetzter."
"Das ist normal bei uns", sagt Konrad zu mir.

"Dann weißt du wenigstens, warum ich gegangen bin.
Ich kann in Nervenanstalten nicht arbeiten. Ich
erwarte, mein Chef versteht von Wirtschaft etwas
mehr als ich."
"Wohin fahren wir jetzt?"
"Eggental, Bozen und nach Hause. Es sei denn, du
willst gerne eine andere Route fahren. Joana möchte
gern kürzere Runden fahren. Sie muss für den
kommenden Tag genug ruhen."
Eggental habe ich gewählt, weil ich gern in
Welschnofen am Bergglück vorbei fahren wollte. Die
haben mich angerufen. Konrad habe ich das nicht
gesagt. Ich will ihn nicht unnötig belasten.
"Kannst du mal an der Tankstelle einen Kaffee mit
Joana trinken?"
"Ich trinke keinen Kaffee."
"Ich bezahle ihn dir", sagt Joana.
"Na dann, nehme ich einen."
"Ich muss schnell bei Sonja im Bergglück vorbei. Sie
hat mich angerufen."
"Kann ich da nicht mitfahren?"
"Nein. Sonja hat kein Restaurant um diese Zeit."
Ich kann Konrad unmöglich die Küche von Sonja
zeigen. Das wäre eine Blamage für ganz Südtirol.
Konrad würde schon gern neugierig sein. Das spüre
ich sofort an seinem Benehmen. Zumal die Deutschen
immer recht preiswerte Übernachtungen suchen. In
dem Fall, würde ich Denen aber die intimsten
Bereiches des Hotels zeigen. Dafür würde ich mich

schämen. Bei Sonja bin ich mir nicht sicher. Sie kam auch recht oft mit ihren Gästen in die Küche. Unsereiner würde vor Scham in der Erde versinken. Bei dem Gespräch mit Sonja werde ich etwas fordernd. Ich möchte nicht auf dem alten Ölofen kochen. Das stinkt fürchterlich in der Küche. Statt meine Induktionsplatte zu benutzen, soll sie sich endlich mal so ein Ding kaufen. Zwei Bagno Marias gleich mit. Darin will ich gleich mit Kochen und Dämpfen. Bei Fisch hat sich diese Methode bewährt. Zumal ich darin sowohl den Fisch, das Gemüse und auch die Beilagen kochen kann. Reis wird besonders gut darin.
Sonja zeigt sich neugierig und auch überzeugt.
"Der Koch ist wieder Mal gegangen."
"Bei deiner Küche, kein Wunder. Ihr müsst endlich mal Etwas tun."
"Kommende Saison."
"Wer das glaubt, wird selig."
Wir besprechen das noch länger und verabreden uns auf morgen. Wie bringe ich das jetzt Konrad bei? Der isst sicher schon das dritte Stück Strudel.
Auf dem Parkplatz hinter dem Hotel spricht mich ein Deutscher aus Bayern an.
"Fahren sie jetzt?"
"Ja."
"Sie stehen auf meinem Parkplatz."
"Ich habe keinen Namen gesehen."

Sonja hat eine überdachte Parkfläche. Dort steht an jedem Parkplatz, Hotel Bergglück und auch einige Plätze mit ihren Nummern. Auch an den offenen Parkplätzen. Wahrscheinlich parken Deutsche Touristen überall dort, wo es nichts kostet. Im gesamten Ort. Die fahren dann lieber mit der Seilbahn oder dem Bus bis zum Rosengarten. Ich schätze, sie sparen dabei drei Euro. Keinesfalls dürfen das die Einheimischen bekommen. Wo kämen wir da hin? Zur Seilbahn ist es nur um die Ecke. Die paar Meter können die Büroschläfer auch laufen. Natürlich mit Stöcken und Wanderschuhen für vierhundert Euro.

Generell versuche ich, mit Deutschen Touristen wenig zu sprechen. Vor allem, wenn ich sehe, deren Targas sind nicht aus der DDR. Mit Besatzern spreche ich nicht. Wenn die hören - ein Ostdeutscher, dann wenden die sich ohnehin von allein ab. Wie scheint, hat das Gesindel ein schlechtes Gewissen. Mit zunehmenden Jahren der Besatzung der DDR, hat sich dieser Effekt noch verstärkt. Das lässt sich ganz sicher mit deren Benehmen gegenüber den DDR Bürgern erklären. Vielleicht schämen sie sich auch, weil wir sie ihrer Lügen überführt haben.

Mir scheint fast, der Bayer stinkt nach Alkohol. Und das als Fahrer. Geheim wünsche ich mir mehr Kontrollen bei uns.

Unser Gebrauchtwagenmarkt könnte locker noch beschlagnahmten Deutschen Schrott gebrauchen.

Unsere Südtiroler lieben Deutsche Autos. Vor allem Jene mit leichten Potenzproblemen und Minderwertigkeitskomplexen.

Irgendwie schlägt das auch auf unsere Motorradfahrer über. Wobei sich da, neben Bayrischen, auch US Schrott gut verkauft. Für eine Kaffeerunde reicht das alle Mal. Unser Land ist zum Glück nicht allzu groß. Ich stelle mir manches Mal eine Runde nach Sizilien vor. Ich müsste alle zweihundert Kilometer die Werkstatt besuchen und meine Hoden auf Eis legen.

Ihm zum Trotz, lasse ich mir natürlich Zeit. Ich ziehe langsam meine Lederjacke an. Und halt. Ich muss doch noch Mal zu Sonja.

"Muss ich das Frühstück mit kochen?"

"Das wäre mir schon recht."

Das glaub ich gern. So wird mein Arbeitstag locker von Sieben in der Früh bis Elf in der Nach dauern.

"Mein Zimmer ist reserviert?"

"Ich habe ein anderes frei."

"Ich muss aber nicht in den Keller zum Duschen?"

"Nein." Sonja lacht.

"Es ist Alles da."

Joana ist nicht begeistert, als ich ihr das mitteile. Die Beiden warten im Imbiss der Tankstelle. Wie vermutet, isst er das dritte Stück Strudel. Der ist leider mit Blätterteig hergestellt. An der Unterseite sieht er etwas schliff aus. Blätterteig ist für Strudel ungeeignet. So lange das Jemand frisst, backen wir ihn eben so.

"Ich habe eine gute und eine schlechte Nachricht."

"Du musst arbeiten?"

"Ja."

"Und die gute Nachricht?"

"Ich habe Arbeit. Und. Ich kann nach dem Frühstück eine Giro mit dir drehen."

"Was heißt nach dem Frühstück?"

"Ja, wenn meine Küchenhilfe die Spätaufsteher mit bedient, dann können wir bereits neun Uhr los drehen."

"Wann musst du zurück sein?"

"Ich mache die Menüs passend. Vier Uhr reicht."

"Gut. Fahren wir."

Wir begleiten Konrad bis zu seinem Hotel. Federica und Cherno grüßen freundlich. Cherno kommt gleich mit einem doppelten Kaffee. Joana nimmt einen einfachen.

"Ich muss ab morgen arbeiten. Wecke Konrad bitte so, dass er um Neun bei mir im Eggental ist."

Wieso muss ich die Touren organisieren. Ich bin auf Arbeit und meine Begleiter haben Urlaub. Ich verstehe manchmal die Welt nicht. Oder verstehe ich sie falsch?

"Da müsste Konrad ja um Sieben wach und nüchtern sein. Da habe ich meine Zweifel."

"Versuch es. Meine Nummer hast du. Ruf mich an, wenn er los fährt."

"Ich werde dich anrufen, wenn ich ihn nicht wach bekomme."
"Das ist vielleicht die beste Lösung."
Das Gespräch der Kindermädchen ist beendet. Ich trinke den Kaffee und darf mich endlich mal wieder meiner Frau widmen.
Den Gampen runter steht ein Riesenstau vor einer Ampel. Sie ziehen wieder Mal sechs Meter Fünfzig frischen Belag auf. Jeden Tag sechs Meter und wir haben jeden Tag Stau. Zum Glück kann ich bis an die Ampel fahren. Wie immer, stehen in der Reihe auch Neidhammel. Einer lässt die Scheibe runter und belegt mich. Er hat ein Handy in der Hand und sucht wahrscheinlich eine Umleitung.
"Neben dem Stau fahren ist verboten."
"Es ist verboten, während der Fahrt am Handy zu spielen", antworte ich ihm. Joana schüttelt nur mit dem Kopf.
"Wir fahren nicht."
"Wenn sie vor einer Ampel stehen, fahren sie."
Was soll ich dem Trampel noch sagen. Stehender Verkehr ist Verkehr in Bereitschaft. Und mit dem Handy vorm Gesicht, ist der schon mal nicht bereit. Für einen Motorradfahrer ist es nun mal besser, vorn an der Ampel zu stehen. Ehe sich die Handygaffer wieder im Verkehr zurecht finden, ist die Ampel eh wieder auf Rot.

Wir fahren ohne weitere Unterbrechungen nach Hause. Der Tag wird wie ein Feiertag, mit einer Pizza und einem Film beendet.
Bis zum kommenden Morgen musste ich schnell schlafen. Die Nacht ist vier Uhr vorbei. Eine Stunde brauche ich zum Aufwecken. Als Motorradfahrer muss ich ja für die Träumer im Auto mitdenken. Verschlafen geht das nicht. Gerade am Morgen ist die Gefahr am größten. Deswegen fahre ich gegen fünf Uhr. Ich lege mich im Zimmer noch einmal hin.
Joana geht zusammen mit mir aus dem Haus. Sie muss vor dem ersten Gast, das Foyer und die Toiletten sauber haben. Bereits der erste Gast, wird diesen Zustand sichtbar ändern. Mindestens einmal pro Woche ist die frisch gereinigte Toilette bis Oben voll geschissen. Nicht selten auch die Fließen um die Toilette. Offensichtlich wollen selbst diese Schweine, die Ersten sein und eine blitzsaubere Toilette mit ihren Marken versehen. In den vielen Jahren meiner gastronomischen Tätigkeit bin ich zu der Einsicht gekommen, in der Gastronomie besonders viele Dreckfinken getroffen zu haben. Gastronomie scheint deren Treffpunkt zu sein. Auch die Hotels. Wir müssen das natürlich besonders desinfizieren und reinigen. Wir schlagen die Dreckfinken mit ihren eigenen Waffen. Leider wird der Schaden, den sie uns damit zufügen, nirgends vergütet. Desinfektionsmittel sind keine Heilmittel. Im Gegenteil. Sie zerstören die körpereigene Immunität.

Die Fahrt ins Eggental beginnt für mich auf der MEBO. Die Schnellstraße zwischen Meran und Bozen wirkt um diese Zeit wie ausgestorben. Ich treffe nur Nachtwächter und Bäcker. Vielleicht auch ein paar Frühstücksköche und Bedienungen. Diese Arbeit wird meist von Frauen ausgeübt. Die können Auto und Scooter fahren. Bürokräfte wecken den ganzen Tag nicht auf. Deren Verkehr ist bedeutend gefährlicher für Zweiradfahrer.

Das Haus ist dunkel. Ich muss mit dem eigenen Schlüssel hinein schleichen. Auch ins Zimmer. Das ist wenigstens warm genug. In den Nördertälern ist es im Juni noch empfindlich kalt. Wir haben keine zehn Grad. Nörderseiten sind die Seiten der Berge, die wenig bis keine Sonne abbekommen. Die zeichnen sich durch lang anhaltende Feuchtigkeit aus. Für Zweiradfahrer ist das ein Alptraum. Die Straßen wirken glitschig. Jedes Pflanzenteil wird zu einer Art - Ölspur. In der Nacht kommen noch Unmengen von Steinschläge dazu. Die meisten sind scheinbar klein und unbedeutend. Für Autofahrer. Die Steinschläge sind verantwortlich dafür, dass wir umsonst arbeiten. Unser Lohn landet dann in der Werkstatt. Mit dem Zweirad gelingt es mir aber, diese Schäden größtenteils zu vermeiden. Ein Zweirad lässt sich besser durch die Gefahrenquellen steuern.

Die Küche ist kalt. Ich suche die Schalter. Das Handy ist meine Taschenlampe. Die scheinbar kleinen Erfindungen machen mir den Tag wirklich leichter.

Ich möchte jetzt nicht schildern, wie um diese Zeit kalte Küchen riechen. Ihnen würde nachhaltig der Appetit vergehen. Und genau dieser Effekt wirkt auch bei einem Koch. Nicht bei allen. Jene, die etwas später kommen, werden von diesem Geruch verschont. Die werden schon mit Kaffeeduft und dem Geruch von gebratenem Speck empfangen.

Ich setze gleich eine Bagno Maria an. In der koche ich die Brühe. Hauptsache, ich muss den Ölofen nicht anschalten. Dieselgeruch am frühen Morgen würden mir die Eingeweide umdrehen. Ich könnte kein Essen abschmecken. Die glühenden Platten des Herdes würden die Raumtemperatur unerträglich machen.

Es ist neun Uhr. Ich warte auf einen Anruf. Das Handy habe ich extra an das Fenster gelegt. In der Küche geht es nicht. Die Metalleinrichtung scheint das Signal wirkungsvoll zu neutralisieren. Vielleicht ist es auch die ausgezeichnete Kellerlage unserer Küche.

Aamit, meine Küchenhilfe kommt. Eigentlich kommt er etwas später. Er fängt mit dem Abspülen an. Sonja hat ihn für den ersten Tag etwas zeitiger bestellt. Er grüßt mich freundlich. Wir kennen uns von meinen früheren Einsätzen hier.

"Bist du wieder mal bei uns?"

"Ich hoffe, nur kurz."

"Das wird sicher ein kurzer Einsatz."

"Du weißt mehr als ich?"

"Jaja."

"Gut. Dann werden wir mal Etwas kochen."

"Wir haben jetzt eine Köchin."
"Aha. Das Kind ist krank."
"Wer macht sonst das Frühstück?"
"Die Oma."
"Also vertrete ich jetzt die Oma und die Köchin."
"Ja. Wie immer."
"Ist das Haus voll?"
"Voller. Auch drüben die Wohnung."
"Sonst noch Etwas?"
"Nein."
Aamit weiß mehr. Er lacht. Traut sich aber nicht, mehr zu sagen. Ich muss mich überraschen lassen.
Es ist zehn Uhr. Konrad hat nicht angerufen. Ich schaue gelegentlich mal vor die Tür. Nichts. Wie scheint, kann ich allein eine Giro drehen. Mir ist nicht danach. Ich bin müde.
Ich rufe die Nummer von Konrad. Es dauert eine Ewigkeit bis ich verbunden bin. Er hat das Roaming über Deutschland aktiviert. Wenn er zwei Mal pro Jahr in Italien ist, würde ich mir doch eine Italienische Nummer beschaffen. Konrad nicht. Das scheint seinen Grund zu haben.
Konrad geht ran. Er klingt nicht gut.
"Ich mache heute frei", antwortet er auf meine Frage. Ich schätze Cherno hat ihn gut bewirtet. Oder, seine Knochen schmerzen noch von unserer Ausfahrt.
Konrad ist in meinem Alter.
"Also, bis morgen."

Konrad legt verdächtig schnell auf. Er scheint besoffen zu sein.

Mir bleibt nichts übrig, als ins Zimmer zu gehen.

Im Fernsehen kommen drei Programme. Zwei verstehe ich. Eins nicht. Es ist italienisch.

Ich bekomme umgehend bewiesen, mit dem Eintreiben von Zwangsgebühren, muss man sich nicht mehr um die Qualität seines Programms bemühen. Westfernsehen war früher zu DDR Zeiten schon ein Graus. Es gab nur wenige Sendungen, die uns gefielen. Deren Hauptaugenmerk lag auf Propaganda gegen Kommunisten und die DDR. Nach deren Fernsehen wurde ich oft von etwas Unsicherheit befallen. Ich bezweifelte den Selbstmord von Goebbels und den Mord an seinen Kindern durch ihn. Bei den Nachrichten. Ich bin der festen Überzeugung, einige Kinder könnten es geschafft haben, zu überleben. Die außerehelichen Kinder vielleicht.

In Südtirol gibt es deswegen Ungemach. Die Medien sind alle in einer Hand. In der Hand einer Familie. Es fehlt nur das Wahrheitsministerium. Das konnten meine Gastgeber bis jetzt verhindern. Obwohl die Kirche da einen gewaltigen Bonus inne hat. Arme Leute sind den Kirchen liebste Schäfchen.

Kaum bin ich etwas eingeschlafen, wecken mich Frauenstimmen auf dem Flur. Ich schaue auf die Uhr. Eigentlich kann ich gleich auf bleiben. Ich dachte, die Zimmermädchen sind fertig. Aber die wären zu laut.

Mir scheint, ich höre einen Schweizer Dialekt. Typisch Alpenländer. Leise ist dort ein Fremdwort. Still ist man dort nur, wenn Fremde mithören.
Ich schaue durch die Tür. Junge Frauen huschen über den Flur. In luftigen Bademänteln. Leicht bekleidet.
Bei Einer habe ich den Eindruck, dort, wo wir Mehr oder Weniger haben, auch Etwas zu sehen. Viel. Ich wäre schon dankbar, ähnlich gesegnet zu sein. Aber den Segen an einer Frau bewundern zu dürfen, bringt mich etwas in Zweifel.
Nach einer Katzenwäsche gehe ich zum Dienst. Sonja erwartet mich. Sie hat mir tatsächlich eine Induktionsplatte besorgt. Ich könnte die Frau heiraten vor Freude. Sonja wäre noch zu haben. Aber zwei liebe Frauen? Das ist für einen Koch, der nie da ist, eindeutig zu viel. Ich verwerfe den Gedanken schnell. Sonja hat sich besonders her gerichtet. Sie öffnet abends eine Bar für ihre Hausgäste. Und dafür hat sie sich entzücklich her gerichtet. Südtiroler Frauen. Es könnte sich der Eindruck entwickeln, Sonja sucht einen Mann. Den Eindruck bekomme ich ziemlich oft in Südtiroler Hotels. Alle Frauen suchen hier irgendwie.
Vom Abendgeschäft bin ich positiv überrascht. Unsere Gäste kommen alle ziemlich zusammen. In knapp zwei Stunden ist meine Ausgabe beendet.
"Du musst noch die Frühstücksplatten schneiden", sagt mir Aamit.
"Ich bin doch zum Frühstück da", antworte ich ihm.

Jetzt weiß ich, Oma hat sich die Platten vom Koch
schneiden und legen lassen.
Nach der Küchenreinigung gehe ich sofort auf mein
Zimmer zum Umziehen. Ich möchte nun doch zu
Joana fahren. Es ist trocken. Nichts bremst mich. Beim
Umziehen höre ich wieder das Lachen von Frauen aus
deren Zimmern. Es hört sich etwas süffisant an. Eine
Party.
Mein Motorrad ist von beiden Seiten so eng
eingezwängt, dass ich kaum aufsteigen kann. Steht
das Motorrad gerade, berühre ich schon fast den
Spiegel des Autos auf der rechten Seite. So parken
nur Dummköpfe, geht mir durch den Kopf. Vielleicht
ist es auch Vorsatz? Ich schaue mir die Nummer an.
Volltreffer. Das Großmaul von gestern Nachmittag.
Ich muss mich also nicht besonders in Acht nehmen.
Ein paar Kratzer tun dem gut. Wenn er es unbedingt
möchte. Den Spiegel treffe ich mit meinem
gepolsterten Ellenbogen.
'Geschieht ihm recht', denke ich mir.
Wer nicht parken kann, muss leiden.
Irgendwie spüre ich, er beobachtet mich.
Die Heimfahrt dauert nicht zu lange. Ich bin selbst
überrascht. Um diese Zeit kann ich auch etwas
schneller fahren. Bis auf die orangefarbenen Kästen.
In der Stadt ist noch relativ viel Verkehr. Vor allem, in
Richtung Süden.
Joana erwartet mich schlafend. Sie hat mir belegte
Brote gerichtet. Wir reden wie immer von der Arbeit.

Ein anderes Thema gibt es aktuell nicht bei uns. Sie hat mir Telefonnummern aufgeschrieben, bei denen ich anrufen soll. Nur, wann treffe ich die? Ich müsste ja von Arbeit aus anrufen. Das ist mir schon etwas peinlich wegen der Mithörer. Vielleicht gelingt es mir vor der Tür oder auf dem Parkplatz. Im Zimmer zur Zimmerstunde könnte ich anrufen. Die Nummern nehme ich alle mit. Es sind wieder Handynummern dabei. Keine Namen. Wie soll ich mich bei Jemandem vorstellen, dessen Name ich nicht kenne? Etwas Recherche muss man auch dem Koch zu gestehen. Arbeit bei Unbekannt. Wer zahlt mir den Lohn? Der Koch macht sich schon auch Notizen, wo ein Schrotthaufen als Küche steht und wo die Arbeit recht angenehm ist. Entscheidend ist wohl eher die Familie und der Arbeitgeber selbst.
Die Nacht geht wieder recht schnell vorüber. Ich stehe zusammen mit Joana auf. Vier Uhr. Fünf Stunden dauerte die Nachtruhe. Ohne Mittagsruhe, wäre ich schon am dritten Tag restlos übermüdet.
Beim Kaffee schaue ich schnell nach, ob ich die Nummern in der Suchmaschine finde. Und siehe da. es gibt sie. Alte Bekannte sind dabei. Bei denen muss ich nicht anrufen. Es sei denn, die haben endlich mal ihre Küche gebaut und den Dreckstall gereinigt. Mein Dreckstall ist es nicht.
Gut vorbereitet, fahre ich zum Dienst. Die Fahrt dauert knapp dreißig Minuten. Auf der Heimfahrt muss ich tanken. Bei dieser Arbeitsstelle muss ich alle

fünf Tage tanken. Eigentlich wäre das erträglich. Eine Tankfüllung kostet mich zur Zeit fast dreißig Euro. Demnach benötige ich pro Monat ein Hundert und achtzig Euro. Nur für den Tank. Das fehlt uns natürlich im Kühlschrank. Zum Glück bin ich Koch. Mit etwas mehr Hunger, wird eben etwas mehr probiert. Gastronomen müssten eigentlich ein Interesse an einem hohen Einkauf haben. Sofern es sich um Lebensmittel, Getränke und Küchenausrüstung handelt. Auf erbrachte Leistungen, müssen die nur zehn Prozent Mehrwertsteuer bezahlten. Das ist eine versteckte Subvention. Ich kann nicht verstehen, warum sie gerade dort sparen möchten. Eigentlich müssen sie diese Ausgaben nur gut verteilt einsetzen. Wie gewohnt, schleiche ich mich wieder ins Haus. Auf meiner Etage höre ich Stöhnen. Ausgerechnet aus dem Damenzimmer. Ich denke gerade an eine Schwarzübernachtung. Auf dem Zimmer geht mir der Ausspruch des Wirtes bei Frenzy von Alfred Hitchcock durch den Kopf. Der Beschäler übernachtet kostenlos. Ich dusche und lege mich zur Restnachtruhe noch etwas hin. Mit dem Handy wecke ich auf. Das kleine Ding hilft mir schon, Gepäck zu sparen.
Aamit erwartet mich schon.
"Du bist aber zeitig hier heute."
"Die Seniorchefin macht das Frühstück."
"Und da musst du natürlich mit da sein?"
"Das ist immer so."

Die Seniorchefin kommt in die Küche. Sie stellt sich mit Rosa vor. Ihren Namen kannte ich schon.
"Ich wollte ihnen mal zeigen, wie hier das Frühstück geht."
"Ich habe es ja gestern und auch früher schon gemacht hier. Hat sich Etwas verändert?"
"Jetzt erkenne ich dich. Karl!"
Ich frage mich, wieso sie mich jetzt erst erkennt. Ich war doch erst vor Kurzem hier. Sie hat doch bei mir Mittag gegessen und ihr Frühstück abgeholt. Sie wird doch nicht etwa der Chef eines Kalksteinbruches sein? Brille hat sie jedenfalls keine auf. Vielleicht spart sie daran. Wegen der Schönheit. Einen Rest davon, kann ich erkennen. Sie muss mal ziemlich schön gewesen sein. Jetzt zieht sie etwas das Bein nach. Mit ihrer Hüfte scheint auch Etwas nicht zu stimmen. Sie hat eine geknickte Haltung.
"Na dann; da muss ich mich auch nicht kümmern."
Irgendwie bemerke ich eine Art innere Freude bei Aamit. Erleichterung wäre wohl der passende Ausdruck.
Aamit wohnt im Ort. Tourismus schafft nicht nur Arbeitsplätze. Er schafft auch Wohnraumnachfrage durch die Arbeiter. Und davon lebt es sich auch gut. Vielleicht sogar bequemer als vom Tourismus.
Unsere Küche liegt im Keller. Eine Etage tiefer als das Erdgeschoss. Eigentlich ist das günstig. Man muss nur die Fenster öffnen zum Entlüften. Die Lage hat aber auch einige Nachteile. Kalte Luft fällt nach Unten und

drückt die warme, auch die feuchte, nach Oben. An der Decke der Küche ist das Ergebnis zu sehen. Die Decke droht stellenweise herab zu fallen. Gasbetrieb und der wirklich heiße Betrieb von Ölöfen wird den Zerfall der Decke noch beschleunigen.
Der Nachteil dieser Lage ist aber auch anderweitig spürbar. Der Sauerstoff, den das Gas und der Ölofen verbrennt, kommt nicht in dem Maße zur Küche, wie man es tatsächlich benötigt. Die Luft wird dünn. Abhilfe soll nun die Öffnung der Kellertür bringen. Aber genau das, stört wieder die Empfindlichen. Zugluft. Stelle ich jetzt noch die Lüftung ein, kann ich schon von einer Knappheit an Sauerstoff reden. Und die ist selbst für eine noch brennende Gasflamme gefährlich. Das Gas geht einfach aus. Wenn ein großer Topf darauf steht, sieht das der Koch nicht. Die Piezozündung soll für gewöhnlich eine unkontrollierte Entzündung der Brennstelle verhindern. Wir würden das als Explosion bezeichnen. Im geringsten Fall als Verpuffung. Unter den Töpfen herrscht aber eine Temperatur, die sich auch auf die Brennköpfe der Gaszufuhr auswirken. Die werden samt dem Bimetall so heiß, dass sich das Gas sofort wieder entzünden kann. Zwei Mal durfte ich das Phänomen beobachten. Ich bekomme langsam ein gemischtes Gefühl bei der Verwendung von diesen Brennstellen. Die Induktion ist mir da bedeutend lieber. Leider ist aber unser Maximalverbrauch an Elektroenergie begrenzt. Ich versuche schon lange, heraus zu bekommen, ob die

Energie des Hauses mit einer Software reguliert wird. Spätestens dann, wenn die Sauna ihren Dienst beginnt, bricht mir das Netz zusammen. Ich stehe dann im Dunkeln. Und das ist besonders gefährlich für mich. Genau aus dem Grund, versuche ich, sämtliche Speisen vor der Ausgabe fertig zu haben. Das ist zwar nicht frisch im Sinne von ganz frisch. Aber es ist die einzige Möglichkeit, unsere Gäste qualitativ hochwertig zu versorgen. Ich nehme Abstand von Hauptgerichten, die zu viel Energie benötigen. Unsere Fritteusen werden mit Gas betrieben. Zum Glück. Das hat aber auch Nachteile. Ziemlich gefährliche dazu. Gasheizungen benötigen einen Austritt. Sozusagen, einen Auspuff wie am Auto. Und dieser Austritt wird ungeheuer heiß. Verbrennungen sind damit an der Tagesordnung. Und nicht nur das. Die heiße Luft verdrängt zusätzlich Sauerstoff. Der Koch bekommt schnell Kopfschmerzen. Genau aus diesem Grund, hasse ich Gasküchen. Stehe ich in so einer Küche über zehn Stunden am Tag in Sechs - Tage - Woche, sind massive Gesundheitsschäden sicher das kleinere Übel.
Das größte Übel sind politische Zustände, die das nicht anerkennen. Mit der Anerkennung des Übels, würden auch Maßnahmen ergriffen, das abzustellen. Und genau das findet eben im Kapitalismus nicht statt. Auch nicht in Südtirol. Und das, trotz der Anwesenheit von sogenannten Institutionen, die das überwachen sollen. Angestellte können das nicht

anzeigen. Das können nur Fachleute sehen und auswerten. Die Institute sind damit für die Katz. Sie sind ganz sicher nicht für die Köche gedacht. Jeder halbwegs ausgebildete Klempner sieht den Missstand auf der technischen Zeichnung des Gebäudes samt Einrichtung. Den Bürokräften fehlt es an Praxis.

Mein Mittagstisch für die Kollegen ist fertig. Ich habe teilweise Überschüsse vom Abendmenü mit verarbeitet. Die Mama kommt in die Küche und holt sich ihr Essen. Die Familie isst im Gastraum. Die Kollegen haben ein Extrazimmer. Es herrscht Rauchverbot. Ich muss durch den Keller auf die Straße schleichen. Die Rauchpause lege ich oft mit Tätigkeiten zusammen, die mich in die Nähe einer Tür nach Außen bringen. Rauchen, Sonnenlicht und frische Luft in einem Atemzug. Das Alles ist knapp in einer Küche. Wir werden das später mit lockeren Zähnen, Hautausschlag und kaputten Lungen bezahlen. Das ist dann der Mehrwert, den der Koch bekommt. Natürlich unvergütet.

Nach dem Mittag verschwinde ich so schnell es geht. Aamit bietet mir an, die Küche zu reinigen. Er möchte die Küche wieder wischen. Den Abzieher, den ich beim letzten Mal organisiert habe, nutzt Aamit nicht. Mir ist das langsam egal.

Kurz vor der Mittagspause kommt die Kollegin. Eine junge Frau. Sie geht recht robust an den Ölofen und wirft ihn an. Es stinkt im Haus wie an einer Tankstelle.

Der Zeitpunkt meines schnellen Verschwindens ist gut
gewählt.
"Bis dann", rufe ich zu den Zweien.
Im Flur meines Zimmers ist schon wieder recht lautes
Stöhnen zu vernehmen. Ich glaube, ein Quieken mit
zu hören. Auf alle Fälle sind es mehr als zwei
Personen. Meine Tür ist noch nicht ganz geschlossen,
höre ich das Öffnen der Tür des Zimmers, aus dem die
Geräusche kamen. Meine Neugier überwältigt mich.
Jetzt bediene ich mich einer Gewohnheit unser leider
verstorbenen Nachbarin - Paula. Ich spioniere kurz
durch den Türspalt, was da vor sich geht. Auf dem
Flur steht eine junge Frau mit einem Zelt im
Morgenmantel. Das Zelt erinnert mich an die
Mumoprala in meiner Turnhose nach dem Aufstehen.
Mutters Morgenprachtlatte ist die Abkürzung von
Mumoprala. Wir entschuldigten uns mit dem
Argument in der DDR, wenn wir zu spät auf Arbeit
kamen. Heute würden wir diese Entschuldigung mit
der Hälfte unseres Lohnes bezahlen. Selbst das
scheint verboten zu sein für Saisonarbeiter.
Einen sehr kurzen Augenblick schaut eine
Gummistange aus ihrem Morgenmantel. So dick wie
mein Unterarm. Und der ist wirklich nicht zu dünn.
Jetzt kenne ich genau die Ursache der Geräusche.
Sie hat mich bemerkt. Eine recht hübsche junge Frau.
Mir kommt sie irgendwie bekannt vor. Vielleicht habe
ich sie in einem Hotel gesehen, in dem ich schon
gedient habe. Wie mir scheint, erkennt sie mich auch.

Sie winkt und geht in das Zimmer. Ich soll ihr sicher nicht folgen.

Zum Abendgeschäft kommt Sonja in die Küche. Sie wirkt etwas glücklicher und lächelt auffällig. Vielleicht hatte sie Besuch? Ich weiß es nicht. Sie stellt mir die Kollegin vor. Jasmin ist ihr Name. Es könnte auch sein, Jasmin ist der Grund ihrer Freude.

"Jasmin übernimmt das ab morgen."

Jasmin nickt und sagt kein Wort.

"Wir rechnen dann gleich ab nach dem Dienst."

"Wunderbar."

Das Abendgeschäft kochen wir zusammen. Jasmin will die Beilagen auflegen. Ich soll das Fleisch anrichten. Sie gibt mir gleich Befehle. Zumindest versucht sie es.

"Gebe bitte die Vorspeisen aus und ich lege die Hauptspeisen."

"Das ist auch gut."

"Das ist die einzige Möglichkeit, sich nicht untereinander auf die Füße zu treten."

Sie antwortet nicht, wirkt aber zufrieden.

"Den Ölofen kannst du aus lassen. Den brauchen wir nicht."

Die Fritteuse brauchen wir. Die Zündflamme dafür, hat mir Aamit schon gerichtet. Sobald ich die Lüftung einstelle, geht die aus. Wir müssen ohne Lüftung frittieren.

"Du musst die Hauptflamme einschalten", sagt Aamit. "Dann geht die Flamme nicht aus."

Das Öl raucht schon etwas. Ich drehe auf Sparflamme zurück.

"Da geht die Flamme auch aus", ruft Aamit ganz aufgeregt.

"Wie viel Öl braucht ihr so in einer Woche?"

"Das ist verschieden", antwortet Aamit.

Die Abendausgabe läuft recht gut. Es gibt kleine Unregelmäßigkeiten. Das ist normal bei neuem Personal. Jasmin trägt das mit Ruhe. Sie ist wie ich, schwer aus der Ruhe zu bringen.

Zum Dessert habe ich ein Mousse gekocht. Jasmin kostet eins.

"Schmeckt."

Das ist das erste freundliche Wort aus ihrem Mund heute Abend.

Wir verabschieden uns. Aamit wirkt etwas traurig. Er begleitet mich auf dem Weg zu Sonja. Sonja schaut ihn fragend an und er verschwindet ohne ein Wort.

Drei Unterschriften und mein Dienst ist beendet.

Der Umschlag wirkt für die Zeit ziemlich dick. Ich schaue nicht rein. Ich habe keine Lust, Fünf - Euroscheine zu zählen. Meine Vermutung ist, es wären welche.

Im Zimmer zähle ich nach. Ich bin überrascht. Sie gibt mir tatsächlich fast den dreifachen Lohn von dem, was ich gefordert hätte. Enorm. Jetzt könnte mir beim Tanken auch ein Tropfen daneben gehen. Zu Essen hätte ich trotzdem erst mal Etwas. Gepackt ist ziemlich schnell. Ich muss mich nur umziehen.

Unten verabschiede ich mich von Sonja. Am Tisch in der Rezeption sitzt die junge Dame, die ich oben auf dem Flur traf. Bei ihr sitzt eine schöne junge Frau. Ihr Dialekt ist nicht von hier. Eine junge Frau mit sehr kurzem Haar verabschiedet mich lächelnd. Sie hat einen Schweizer Dialekt. Sie kommt mir auch bekannt vor. Egal. Ich muss das nicht heraus finden, woher ich die Frauen kenne.

Die Heimfahrt geht recht zügig und Joana erwartet mich. Sie ist wach. Ihre erste Tätigkeit ist die Kontrolle meines Handys, gefolgt vom Portemonnaie. Beim Aufschlagen des Handys kommt ein kleines Signal. Es ist die Benachrichtigung der Abbuchung meines Tankstellenbesuchs. Ich bin froh, so gut kontrolliert zu werden.

Mit dem Herz - Jesu - Feuer in den Bergen Südtirols
wird das Frühjahr verabschiedet und der Sommer
begrüßt. Das wird dann der Zweite Teil der
Sommersaison vom Saisonkoch.
Ich hoffe auf Ihre Neugier und Ihre Treue.
Wie gewohnt, können Sie auf meinen
Blogs die Entwürfe live aber nicht
immer vollständig
mit erleben.
Die Rohdrucke biete ich ihnen als Ebook
in verschiedenen Formaten an.
Die gedruckten Bücher erhalten Sie von
meinen Partnern bei Amazon und
Books on demand.
Dieses Buch habe ich einmal
Korrektur gelesen.

Ihr Saisonkoch
KhBeyer